叫び

矢口敦子

幻冬舎文庫

叫び

I

1

ソーラーライトの淡い光の中で、私は桜子《さくらこ》にむきあっている。

彼女の紅もさしていない唇の右端はちょっと上向いていた。なにか言いたい時の彼女の癖だ。

「なに。言いたいことがあるなら、遠慮せずに言って」

桜子は、言い淀んでいたわりにはきっぱりした態度で口を開く。

「運動不足なのに、ケーキをふたつも食べるのはどうかと思うよ。そのうちぶくぶくに太っちゃうから」

やはりそう思っていたのか。

「おあいにくさま。ふたつで終わりにするつもりはないの」

私は、お皿に残ったふたつ目のモンブランのひとかけらを口に放りこむと、飲みこむより早くテーブルの上の箱に手を伸ばした。中に入っているのは、チョコレートケーキ一個とチーズケーキ一個だ。

チーズケーキは、甘いものが苦手なくせになぜかチーズケーキにだけは目がない桜子のためのものだけれど……。

かまうことはない。私はチーズケーキを箱から取り出し、お皿に載せた。

桜子の大きな瞳がさらに大きくなる。しかし、なにも言わない。唇の端も上向かない。

「なにか言いたいことはないの。そりゃあ、そうよね。あなたは私の言いつけを守らなかったんだから、罰せられて当然。自分でもそう思っているでしょう？」

「罰……」

桜子は小首をかしげる。見開いた目と、さらさらと右肩に扇のように広がる黒髪が、桜子の美しさをいや増す。

けれども、私は容赦なく指摘する。

「ラインティーチングからの直通には絶対に応ずるなと言ってあるでしょう。それなのに、人事リーダーの直通を受けてしまったでしょう、今日のお昼」

本当を言えば、リモートワーク用のパソコンの、会社専用の直通ライン機能をオンにしたまま眠りこけてしまった私にも、落ち度がある。けれど、桜子はそれを咎《とが》めることなく、かかく細く弁解した。


細く弁解した。


「ほんの一瞬だよ。カメラがついたままになっていると気がついて、すぐに直通を切った。リーダーには、私が誰だか分からなかったはずよ」

「そりゃあ、あなたが誰だかは分からないでしょう。リーダーはあなたを知らないんだから。そもそも、私があなたと暮らしていること自体、伝えていないんだから。さっきかかってきた直通で、あの若いきれいな子は誰って、訊かれたわ」

〝きれいな〟という形容詞まで言う必要はなかったかもしれない。桜子の表情が、スウッと輝いた。まるで厚い雲の隙間から差した月の光ように清冽《せいれつ》な美しさだった。

「それで、なんて答えたの」

「誰かなんて言うわけにはいかないわ。あなたがここにいることが知れ渡ったら、どこにどう伝わっていかないともかぎらないんだから」

「だって、リーダーは、私についてなにも知らないんでしょう。だったら」

私は苛立って、桜子を遮《さえぎ》る。

「ダイスケが、どんな手段を使ってあなたを捜し出そうとしているか、分からないんだから」

たちまち部屋の空気が凍りつく。桜子は、一気に色を失った。

ダイスケ。その名前は、桜子を恐怖に陥れる。私の胃に錐《きり》で刺すような痛みを与える。自分から言い出した時でさえも。

私は、もうチーズケーキを食べられない。

ダイスケのせいではないと、自分に言い聞かせる。

年のせいなのだ。昔はケーキのふたつやみっつ、朝飯前にたいらげたものだ。けれど、近頃は一個で充分だと感ずることも多い。それに、今日の三個目は、桜子を罰する目的で食べようとしていただけだ。

私は、チーズケーキのお皿を桜子のほうへ押しやった。「Happy birthday to you」、というささやきとともに。

色のない桜子は、怨ずる目で私とチーズケーキを交互に見た。

「なんのためのケーキか。あなたの二十六歳の誕生日を祝うためのケーキなのよ。知っていた？」

桜子は「誕生日なんか……」とつぶやいたけれど、それが聞こえなかったふりをして、私はつづける。

「あなたが生まれたのは、十月。お母さんが出産のため里帰りしたあの地では、病院の窓から見える楓《かえで》がそろそろ色づきはじめていた。楓とか紅葉《もみじ》とか、あるいは神無月《かんなづき》からとってカンナとでも名づけるべきところ、まるで春に生まれたかのような桜子。両親はちょっと似合わないと思ったんだけれど、お母さんのお父さんが、つまりあなたのおじいちゃんがどうしても桜子とつけるんだと言いはって譲らなかった。桜子って、おじいちゃんのお母さんの名前。おじいちゃんが十五の年に亡くなったとかで……とんでもないマザコンだわよね」

たった一度耳にしただけだけれど、面白く感じて記憶してしまった誕生月と名前のギャップにかんするエピソード。

私の言葉は桜子の耳を素通りしているらしく、桜子は色を失ったままだ。

桜子の色をとり戻すために、爪を眺める。しかし、それほど色彩豊かなわけではない。少し前までは星や月やそれこそ桜の花びらなどを散らしていた爪は、いまではピンクのマニキュアが薄く塗られているだけだ。そのマニキュアにしても、桜子のものではなく、たまたま持ち出した私のバッグに入ってあったものでしかない。

そういえば、烏《からす》の濡れ羽色の髪の毛も、以前は茶色に染めていたのだった。カラーリングをやめたその頭の中にあるものは、なんなのだろう。

いつも通りの質素な夕食のあとにケーキを食べるだけで終わる誕生日ではなく、たくさんのご馳走が並びプレゼントをもらった子供時代の誕生日の思い出だろうか。それとも、友人からお祝いされるようになった時期のそれだろうか。劇団時代には、ボーイフレンドから高級レストランで祝われたこともあった娘《こ》だ。

いや、そんな明るかった日々に思いを馳せているようには見えない。桜子の全身は、どっぷりと厚い雲に閉ざされている。

「大丈夫だよ」私は努めて力強い声を出した。「あなたの居どころが誰かに知れるなんていうことはありえないわ。彼は私のファーストネームを知らないはずだし、私たちは二度も引っ越したんだし。そりゃ、最初のアパートは慌てていたんで家の近くに借りてしまってちょっと危なかったけれど、ここはあそこからうんと離れた場所なんだし、あなたは引っ越してから一度も外に出ていないんだし。私たちが二人でこんなところで暮らしているなんて、夢にも思わないにちがいないわ」

こんなところ。

私は黒目だけ動かして室内を見回した。まったく、こんなところに住むようになるとは思ってもみなかった。

ユニットバスのスペースも含めて八畳大しかない部屋に、二人用の食卓、パソコンを置いた小さなデスク、ちっぽけな冷蔵庫。洋服は作りつけの箪笥《たんす》に入っているきりだ。それも、一張羅のスーツをのぞいて、いつでも逃げられるようにスポーツバッグの中に。

照明器具さえない。といっても、これは桜子がある晩、誰かに覗きこまれている気がすると騒ぎだして、天井にあった照明器具を壊してしまったせいだけれど。その際、指に怪我をして、出血がなかなか止まらず、病院へ行くわけにもいかず、途方に暮れたものだ。結局、指の根元をきつく縛っているうちに止血できたけれど。

照明器具は、ごみに出すしかなかった。あれは、もともとこの部屋についていたものだから、引っ越す時に弁償させられるかもしれない。

引っ越す時……。

いつかまた、あの庭のある一戸建てに戻ることができるのだろうか。桜子が毎年春になると窓から眺めていた桜の木は、どうなっているだろう。もうだいぶ老木になっていて、花の数が減りはじめていたけれど、今年も咲いてくれただろうか。もうひとつの庭の慰めだった薔薇《ばら》は、そろそろ花の終わるころだ。

私が感慨に浸っている間に、桜子はまるきりべつのことを考えていたらしい。少し色が戻っている。

「でも、あちらにもこちらにも転入や転出の届けを出したもの」

と、どことなく不満げに言った。

虚を衝かれた。

「そりゃあ、仕方がないわ。勤めるのに住民票を求められたんだし、配達された私宛ての郵便物を盗み見て私の名前を知られるほうが危険だと思ったんだから」

「そうだね。これで、支援措置が受けられていればよかったんだけれど」

桜子は細々と愚痴った。

支援措置。それは、家族に新しい住所を知られないために移転先の自治体が行う措置だ。この手続きをしておけば、本人以外が住民票の情報を請求しても開示されることはない。

とはいえ、絶対にないとは言い切れない。住民票に注意書きが付されていたにもかかわらず、自治体の窓口が逃げた妻の住所をＤＶ亭主に伝えてしまったという話をネットで見かけたのは、一度や二度ではない。

だから私がその手続きをしなかったのかといえば、そうではない。支援措置の手続きのためには、聞き取り調査をされる。以前は警察に行って、これこれこうですと説明して書類をもらわなければならなかったらしい。今は警察に話す必要はないということなのだけれど、ここの自治体の係員は、私が支援措置について切りだすや否や「警察へ行ってください」とのたまった。私はそれで絶望して、支援措置を諦めた。

支援措置の手続きなんかしなくても大丈夫。ダイスケは私の名字は知っていてもフルネームは知らないのだから、住民票を見られるわけがない。

不意に、室内に電子音が鳴り響いた。

考えこんでいた私は、なにごとかと身構えた。

桜子が素早く消えた。それで、私は端末の呼び出し音、正しくはリマインダーが鳴ったのだと気がついた。

午後七時三十分。今日の仕事のはじまりだ。

私はパソコンデスクの前に座り、胸ポケットの眼鏡をかけると、端末の画面から「H.Y」のファイルを選んでクリックした。

すぐさま樋山悠馬《ひやまゆうま》の顔が映った。

「こんばんは」

「こんばんは」

悠馬はなぜか子供っぽく口もとをふくらませている。眼鏡のむこうの目はリスのように丸く、頬はひげ跡もなく、つやつやしている。

医学部を目指す現役の高校二年生ということだけれど、中学生と言っても通用する幼い顔立ちだ。良家のお坊ちゃまで、勉強以外は乳母日傘《おんばひがさ》状態のようだ——そのように、悠馬に関する会社のデータから読みとれる。

乳母日傘のお坊ちゃまだろうとなんだろうと、私には関係ない。私はただ、ネットを介して悠馬に受験英語を教授すればいいだけだ。リアル世界で会うことは決してないだろう。私はそう思っている。

「では、今日は仮定法過去の文章作成からはじめますね」

私は、「仮定法過去」と表題したファイルを開いて画面共有した。正確に言えば、しようとした。

「ちょっと待って」

と、悠馬の声がかかった。

「なにかしら」

私は画面の共有をやめて、悠馬と対面した。

「母がね、先生にリアルで会いたいって言っている」

「え」

私は面食らった。生徒にはオンラインのみで授業をする決まりになっている。リアルで授業しなければならないという規定はない。まして、その保護者とリアルで面談するなど想定外だ。

混乱している私に、悠馬はたたみかけた。

「先週の小テストの出来が悪かったということは言ったよね。それで、母は先生の実力を疑っているんだ、本当にパンデミック以前、大手の予備校の人気講師だったのかどうかって」

「本当よ」

と、私は慌てて言った。

「そりゃあ、予備校の時と教授方法がちがっているから、いくらか下手な部分もあるかもしれないけれど、本当に予備校で講師をしていたわ」

悠馬は、私の言い訳を遮るようにつづける。

「テストの成績が悪かったのは、僕が睡眠不足で頭がぼんやりしていたせいだから、先生の責任じゃないんだ。いくらそう言っても、母は聞き入れてくれなくて。そもそも先生にじかに会いたいんだと言って、聞かないんだ」

「どうして」

悠馬のつやつやの頰がなぜか赤く染まった。「僕が」と言いかけ、首をふる。

「分からない。とにかく会う必要があるって言うんだ。会わないようなら、ラインティーチングを即刻やめさせるって」

最後のほうでは、泣きそうに顔をしかめている。

私の脳裏には、さまざまな不安が湧きあがっていた。

もしや、悠馬の母親はどこかで桜子とつながっている人物なのか。それとも、予備校講師時代の能見奈々子《のうみななこ》をどこかで見知っていたのか。悠馬の母親の年齢なら、奈々子が勤めていた予備校の生徒だった可能性があるだろうか……。

だが、そんな心配よりもなによりも、悠馬が私の契約している会社、ラインティーチングをやめるかもしれないということが胸に迫った。

雇われて半年になるけれど、現在、私が受け持っている生徒はまだ五人だ。なかなか新しい生徒がついてくれない。不登校の子などを受け持つクラス制の講師になれば正社員になり人並みの給料がもらえるけれど、それだと授業方針についてリアル会議に参加する必要もあるということで、アルバイト待遇の個別制に所属している。だから、報酬は受け持ちのコマ数に応じて払われるのみなのだ。本職がほかにあって、講師は余暇を生かした副業という人ならそれで充分かもしれない。けれど、私は外で働くわけにいかない。いまでさえ貯金を崩さなければ生活していけない額なのに、一人減ってしまったら、ますます生活が苦しくなる。しかも、悠馬は一か月八コマ受講してくれているのだ。

そこで、はたと閃《ひらめ》いた。悠馬の住所は北海道ではなかったか。生徒の住所は会社から知らされていないけれど、いつだったか、悠馬とのおしゃべりの中でそんな話が出た。

「あの、言っていなかったけれど、私の住まいは首都圏にあるの。悠馬さんのお住まいは北海道のはずよね。じかにお目にかかるのはむずかしいかと」

「そんなことはかまいません」

と言ったのは、悠馬ではなかった。

悠馬を押しのけて、画面に女性が現れた。

「はじめまして。悠馬の母親の樋山泰葉《やすは》と申します」

一瞬、能面をかぶっているのかと思った。ふくよかな輪郭で、目は笑っているように細く、口の両端も上向いていて、笑顔と見えるのに、どこか凄みを感じさせる顔立ち。能では万媚《まんび》と名づけられていただろうか、鬼女になる寸前の面、それにそっくりだ。

後学のために鑑賞した能舞台以外では、見かけたことのない顔だ。知り合いではない。

私は動揺を押し隠して、頭を下げた。

「はじめまして。能見奈々子です」

私の挨拶が終わるより早く、泰葉はけたたましく言いたてた。

「早速ですが、住まいの距離などなんでもありません。私、いつだって上京できます。明日にでもお会いできませんか」

「ママ」

という悠馬のか細い声が画面から聞こえた。母親を抑えようとしているらしい。眉を八の字にして、母親の服の裾を引っ張っている悠馬の姿が目に浮かんだ。想像であって、実際とは異なるかもしれないけれど。

ふと私は、悠馬の家庭内での立ち位置に思いを馳せた。乳母日傘状態というけれど、それはもしかしたら籠の鳥ということなのではないか。

だが、家庭内における悠馬の立場について考えている場合ではなかった。なんとかして、このピンチを切り抜けなければならない。

「あのですね」と、私はできるだけビジネスライクに言った。「当社では、直接保護者の方とお会いする場合について規定されておりません。つまり、私が樋山さんとお会いすることは、想定外なのです。お会いしていいかどうか、上司に相談しなければなりません」

泰葉の眉間に皺《しわ》が寄って、ますます鬼女に近づいた。

「上司と相談しなければならない？　保護者と会ったかどうかなんて、自分の口から言わなければ分からないことじゃないですか？」

「それはそうかもしれませんが、お母さまとお会いした結果、もし契約を一本失うようなことになったら、私は上司に事情を説明しなければなりません」

冷静な口調で言っているつもりだったけれど、背中には冷たい汗が滴《したた》り落ちていた。もし泰葉から、会わなければ契約を解除すると切りだされたら、チェックメイトだ。

しかし、そうはならなかった。

「じゃあ、さっさと上司に相談してください。そうして、その結果を伝えてください」

眉間に皺を寄せたままそう宣告して、泰葉は画面から消えた。

替わって悠馬が現れた。肩をすぼめてうつむき加減、親に叱られていじけている小学生にしか見えない。

泰葉はまだそばにいるのだろうか。

「じゃ、授業をはじめましょうか。Time is money ですものね」

私はなにごともなかったように、明るく声をかけた。

悠馬は顔をあげ、淡くほほえんだ。

「はい」

「ええと、まずちょっと質問を出すわよ」

私は、泰葉が英語を読めるかもしれないと危ぶみながらも、チャットに書き込んだ。

「Is there anyone in your room?」

画面に悠馬の顔が大写しになったのは、チャットを読もうとしてのことだろう。

「Yes」

と、悠馬の唇が動いた。

泰葉はやはりそばにいるのか。しようがない。なぜ泰葉が私に会いたがっているのか知りたかったけれど、私は諦めて授業を再開した。

2

「樋山悠馬さま

上司に相談した結果、『保護者の方とリアルで会うことは規定から外れるため容認し得ない』とのことでした。

そもそも、オンライン、リアルにかかわらず、保護者の方との面談は講師の仕事ではなく、当社のリーダーの役割だとのことです。

講師についてクレーム等があれば、直接当社におっしゃってください、とのことです。

そのようにお母さまにお伝え願えますか。

能見奈々子拝」

悠馬にこのメールを送った翌日、ちょうど昼食を食べようとしていたところに、ラインティーチング社の副社長で統括部のリーダーの上谷《かみや》直央《すなお》から直通ラインがかかってきた。

上谷とは、面接の時にオンラインで顔を合わせている。けれど、会ったのはその時一回きりだったから、画面に顔が映り、滑舌よろしく「上谷です」と言われても、すぐには副社長その人とは気づかなかった。会社とネットでじかに話せる直通ライン、通称直通で対面しているのだから、会社からの連絡だというのは充分承知していて、眼鏡だってかけたにもかかわらず。

この青年は誰だろう。年齢的にはダイスケとつるんでいてもおかしくなさそうだ。けれど、あまり櫛《くし》の行き届いていない天然パーマらしい頭髪は染められておらず、その前髪が軽くかかった広い額、目尻がいくぶん垂れた二重瞼の目、大きめの鼻と口、そして表情からにじみでている優しさといった外見は、いかにも彼から遠そうな人物に感じられる……などと、怪しみつつ上谷の顔を見つめていた私に、

「能見奈々子さんですよね」

上谷も怪しむ口調で問いかけてきた。

「はい、そうですが」

「副社長の上谷です」

「ああ」

やっと分かって、私はうろたえた。副社長兼統括リーダーがじきじきに直通だなんて、なんの話だろう……などと自分にすっとぼけることはなかった。昨日悠馬に送ったメールの件だと察しがついた。

いままで声がおかしくなかっただろうか。咳払いしてから一礼して言った。

「失礼しました。なにかご用でしょうか」

それでも、上谷にはとぼけて見せる。

「能見さんは樋山悠馬さんを受け持っていますね」

上谷は言った。質問ではなく、単なる前口上だったらしく、私の返事を待たずにつづけた。

「樋山さんの保護者の女性が、昨夜から何度も本社に電話をよこしています」

「…………」

「能見さんは、保護者との面談は講師の仕事ではなく、当社のリーダーの役割だとメールしたそうですが、その通りですか」

「はい、その通りです」

と言った私の声は、蚊の鳴く声よりも小さかったと思う。

「上司に相談してそういう答えが得られた、と？」

私は、声を出すことができず首を上下させた。

「人事リーダーに尋ねたところ、能見さんからそのような質問はされていないとのことなのですが、誰に質問したのですか」

「どなたにも」

と、私は言った。すでに腹はくくっていた。顔をあげ、堂々とは言えないまでも真正面から応じた。

「人事リーダーに伺ってもそういうお返事が来るだろうと思ったので、あえてわずらわすこともないかと、樋山さんにそのようにメールしました」

上谷は私を凝視した。柔和だった上谷の表情が変化していた。眉をひそめ、唇を引き結んでいる。それは立腹しているというよりも、困惑しているように見えた。

画面越しなのに、私は内面を見透かされているような気がして、怖くなった。奥で桜子が胸に両手を当てている。桜子も怖がっている。

「確かに」と、上谷は穏やかな口調のまま言った。「生徒の保護者と講師が直接会う義務はありません。しかし、能見さんには保護者から接触があったら、それがどういう理由であれ、社に報告する義務がある。契約書にそのように書いてあったのを忘れましたか」

「ああ、そうですね。忘れていました。申し訳ございません」

忘れていたのは、事実だ。ただし、覚えていたとしても、報告していたかどうか。ラインティーチングがどういう判断を下すか想像がつかない以上、泰葉があのメールで諦めてくれることを期待して、同じことをしたように思う。

社にありのまま報告すればよかった。考えてみれば、生徒を一人失うことなど、なにほどのものでもなかったのではないか。たとえ生徒がただの一人になったとしても、社に籍がある限り、いずれほかの生徒をまわしてもらえたかもしれないのだ。

契約に反したという事実で、私は馘首《かくしゅ》を宣告されるのだろうか。また職を探すという気の滅入る明日が待っているのだろうか。私の選択はいつだって、愚かだ。

そういえば、上谷は、泰葉が何度も電話をよこしていると言っていた。泰葉のあの調子では、さぞ迷惑だっただろう。首にされようとなんだろうと、その点は謝っておかなければならない。

「樋山さんは、私が嘘をついたということで抗議されているのでしょうか。それで何度もお電話を？　申し訳ありませんでした」

深く頭を下げた。

「いや」と、上谷は言った。「講師の名誉を傷つけるわけにいかないので、樋山さんには一応上司がそのように命令したとお話ししました」

　ぽっと、胸に小さく光がともった。

「じゃあ、なぜ何度も」

「樋山さんは、リーダーではなく、能見さんに会いたいのだと言って聞かないんです」

　上谷は聞こえるか聞こえないかの溜め息をついた。

　胸にともった小さな光は、あっという間に消えた。

「樋山さんの保護者はなぜ私に会いたいのでしょう。樋山さんはなにかおっしゃっていましたか」

　私は破れかぶれになって訊いた。上谷は躊躇《ためら》う素振りもなく明かした。しかし、それは冗談ではないかと思うような理由だった。

「樋山さんは、能見さんが息子を誘惑しようとしているのではないかとおっしゃっていました」

　私は、しばらくなにも言えなかった。能見奈々子は四十八歳だ。高校二年生の樋山悠馬を誘惑しようなどと思ったら、頭がおかしいとしか言えない。第一、悠馬がそんな誘惑に乗るわけはないだろう。おそらく自分の母親、泰葉より年上なはずだ。

　上谷は数秒ほど私の様子を観察していたけれど、やがてつけ加えた。

「息子さんが、二言目には能見さんの名前を出す、それも熱を帯びた様子で。すっかり心を奪われているのではないか、と心配していました」

「私」と、ようやく言った。「樋山悠馬を誘惑なんかしていませんよ。第一、高校二年生が私を女性として好きになると思いますか。私は四十八歳ですよ。誘惑しようとしたって、できるわけがありません。お母さんはなにか勘違いしているんです」

上谷は小さく首を動かした。それが肯定を意味するものなのかどうか、見極められなかった。

上谷は、首の動かし方と同じく本心を推し量れない無色透明の声で言った。

「だから、お母さんは能見さんに会って、本当にあなたが四十八歳なのかどうか確認したいそうなんです」

私は絶句した。どう反応すればいいというのだ。泰葉の猜疑心を笑い飛ばせばいいのだろうか。それとも、呆れたというふうに首をふって、会うことを承知すればいいのだろうか。

桜子が奥から出てきた。この窮状に力を貸そうとしているのかもしれないけれど、その必要はない。私は桜子に戻れと指図し、口を開いた。顎をあげ、かなり挑戦的な調子で言った。

「私が四十八歳だと確認できれば、お母さんは悠馬君が私に恋をしていないと信じてくれるんですかね。だったら」

上谷は私にみなまで言わせず、

「会ってもいいですか？」

ごくごくソフトに訊いた。

仕方がない。私はうなずいた。

「でも、会っても、私が悠馬君を誘惑しているという誤解が解けなかったら、私はどうなるんでしょう」

そこのところはきちんと話を決めておかなければならない。というよりも、約束してもらっておかなければならない、馘首しない、と。ついでに、悠馬の代わりの生徒をまわしてもらう約束もとりつけたいところだ。

上谷は、考えるように片方の頬を手でさすった。

「その前に」と、上谷は言った。「一度、私が会いましょう。明日、社に来てください」

「え」

思わぬ展開に、私は目を点にした。

上谷は微笑した。やさしげな微笑だった。でも、私には腹に一物ある表情に見えた。

「オンラインの塾を経営しているとはいえ、なんでもかんでもオンラインですませようというつもりはありませんよ。こういう微妙な話はやはりリアルで行うべきです。午後零時三十分、いいですね」

上谷は一方的に指定した。社員に否《いな》はないと信じている。実際その通りだけれど。

直通が切れたあと、私は事の成り行きを整理できず、途方に暮れて端末の前に座っていた。夕方、薄暗い場所でなら、会う勇気も出るけれど、よりによって真っ昼間、それも会社でだなんて……。

奥に追いやった桜子がふたたび現れた。私は桜子にというよりは自分自身にむけて言った。

「私はなにか失敗したのかしら」

「そんなはずはないわ。能見奈々子のすることは、いつだって完璧」

桜子は、心の底からそう思っているような熱っぽさで言った。でも、私には分かっている。私はまちがいばかり犯す人間だ。

たとえばあの時、お茶を淹《い》れようなどと愚かなことを考え、中座してしまった。空気を和らげたかったからだけれど、その隙にあんなことが起こるなんて、思ってもみなかったのだ。

そうよ、あなたがキッチンへ行かなければよかったの。全部あなたのせい。あなたが責任をとる……待って、これは桜子の意識。引きずられてはいけない……。

桜子が懇願するように私の思考を断ち切った。

「ねえ、麺がのびちゃうよ。食べなきゃ」

上谷からの直通がかかってきたのは、昼食のインスタントラーメンを食べようとしていた矢先だった。麺がのびちゃうどころか、とっくにのびきっているだろう。十五分も直通にかかりきっていた。

のびたラーメンを食べる気になれない。というよりも、食欲が失せている。

丼をシンクに下げた。テーブルに戻ってインスタントコーヒーを淹れたちょうどその時、聞き慣れない音が部屋に響いた。

ピー、ポン。

手から、マグカップが滑り落ちた。マグカップは派手な音をたてて床に転がり落ち、コーヒーをばらまいた。

突然、あの日が蘇《よみがえ》った。

あの日、まちがいばかり犯す能見奈々子が玄関の鍵をかけ忘れ、そしてダイスケが部屋に入ってきた瞬間、今と同じようにマグカップを落としてしまったのだった。飲みかけのコーヒーは血のように床に広がった……。

玄関ドアのむこうから声がした。

「能見さん、いるんでしょう」

あの声は……。

II

1

午後一時を過ぎた。

上谷直央は腕時計を確認すると、眼前の端末に手を伸ばした。英語講師のフォルダーを開いて、その中から「ｎ．ｎｏｍｉ」と名づけたファイルを選ぶと、直通のアイコンをクリックする。

呼び出し音が十回鳴っても、能見奈々子は直通に応じなかった。

家にはいない。外出しているのはまちがいないだろう。

しかし、能見は約束の時間を三十分すぎても社に姿を現さない。

電車が遅延でもしているのかと、念のため交通関係のサイトをチェックした。だが、そういう情報は見当たらなかった。

アルバイトとはいえ、上司の呼び出しに連絡もなしに遅刻する社員があっていいものだろうか。携帯電話という、どこにいようと通信手段のあるご時世に。

遅刻ではないかもしれない、と上谷は考え直す。能見は出社しないつもりなのかもしれない。だとしたら、能見のためにスーツにネクタイという窮屈な服装をしたのは、骨折り損のくたびれもうけということになる。

「スーツなんか着て、どこへ行くつもり」

背後から柔らかく声がかかった。ふり返ると、いつの間にか社長の日渡真人《ひわたりまこと》が立っていた。

「あれ、むずかしい顔をしているね。どこかに厄介な交渉にでも行くの」

「いや。なんてことないんだけどさ。アルバイトの一人と会うことになっているのに、約束の時間を三十分すぎても来ないんだ」

「アルバイトとリアルで会おうって？」

日渡は上谷の隣のあいている椅子に腰をおろした。

日渡は、いつも通り量販店のＴシャツに、はき古したジーパンという格好だ。スーツ姿の上谷と並んでいると、どちらが社員でどちらが社長か分からない。いや、Ｔシャツとジーパン姿で社長の横に座る社員などいないだろうから、やはり社長は日渡のほうにちがいない。

もっとも、二人とも役付きでないと言えば、そのほうがすっきり腑に落ちるかもしれない。なにしろ、二人とも三十歳そこそこにしか見えないのだ。上谷は三十四歳だが、ラフな服装をしていると大学生にまちがわれることさえある。

すでに四十代に突入している日渡のほうは、無骨な黒縁の眼鏡をかけている時はそれなりの年齢に見えなくもない。しかし、眼鏡をとると切れ長の目に憂愁と理知が混交した不思議な眼差しをしていて、形のいい鼻梁や唇とあいまって、美青年と呼びたくなる。アラフォーの社長の上に青年をつけることはあっても、アラフォーを美青年と呼ぶことはまずないだろう。

「どんな理由で、アルバイトと会おうなんていう気を起こしたの」

日渡のものいいは服装同様、気さくだ。それも当然で、二人はラインティーチングを興す以前からの知己だ。知り合ってかれこれ十年近く経つ。

ラインティーチングは、上谷が日渡にもちかけて設立した。上谷が学生時代にかかわっていた学習支援のNPO法人に、日渡も携わっていたと知ったからだ。資金も場所も、資産家だった親の遺産を受け継いだ上谷が提供した。だから、上谷が社長になるべきだと日渡は主張したのだが、年上で学識経験豊かな日渡がなるべきだと、上谷は譲らなかった。その結果、ふたつのサイコロを振って出た目の合計が大きなほうが社長になるという話になった。

上谷の目は一と二、日渡の目は二と六。で、現在、社長は日渡というわけだ。

「英語講師として雇った能見奈々子を覚えているかい」

「能見奈々子」

日渡は口の中でくり返してから、言った。

「英語の個別制を受け持っているアルバイトだよね。雇って半年になるかな。どこかの予備校の人気講師だったということで、一も二もなく雇った」

上谷は舌を巻いた。個別制の講師の管理は日渡の仕事の範囲外だ。それなのに、ここまで記憶しているとは。

「ほんとに記憶力がいいね。日渡さんは、彼女の書類審査だけで面接もしていなかっただろう。授業をモニターしたこともないんじゃない？」

「うん、ないな。どんな人？」

上谷は端末を操作して、能見奈々子の資料を引っ張り出した。

「四十八歳、元原宿予備校の人気英語講師」

「ああ、原宿予備校だったか。一時期は老舗《しにせ》の予備校をしのぐ勢いだったのに、パンデミックで大規模なクラスターを発生させて、倒産した予備校だね」

「そう。原宿で人気講師だったのなら、さぞいい腕を持っているだろうと、池島《いけじま》君が強く推して雇うことになったんだよね。あそこはオンライン授業もやっていたから。ほかに仕事をしていないというんでクラス制の講師にしたかったんだけれど、彼女はなぜか個別制を選んだ」

「原宿のオンラインは集団授業だったはずだ。やはりクラス制のほうがむいている感じなのかな。で、クラス制にスカウトしようっていう腹づもり？　うまくいくといいな」

しゃべるにつれ、日渡の口調には期待がこもった。

現在、ラインティーチングにはクラス制と個別制の二種類の授業方式がある。個別制は受験生向けだが、クラス制は不登校や病気の小中学生を対象にしていて、四クラスある。クラス制への申し込みは多いのだが、講師不足のためそれ以上増やせない。クラス制にこだわりのある日渡自身が午前の一クラスで英語と数学を受け持っている状況だ。せめて英語講師だけでもほしいというのが、日渡の日ごろの口癖だった。自分が講師を辞めたいからではなく、英語講師が増えればクラスをもう一組増設できるからだ。

「悪いけど、そういう話じゃなくて」

上谷は、画面に表示されている能見の写真を指さした。

「このおばさんに、高校二年生の坊やが誘惑されていると、保護者が訴えてきたんだ」

よほど予想外だったらしく、日渡は目を忙《せわ》しなくしばたたいてから、

「きみねえ、本人の前でおばさんなんて言っちゃ駄目だよ。セクハラになってしまう」

忠告しながら、画面を覗きこんだ。

黒目の割合が多い双眸《そうぼう》と高い鼻梁、薄くも厚くもない形のいい唇。顔立ちは整っている。美人の部類に入るだろう。しかし、前髪を額に垂らし、肩まで伸ばした頭髪で頬から顎を覆っている。年齢が出る部分を隠しているのだろう。かなり濃い化粧をしているようだが、目尻の皺は隠しきれていない。

「いくつだっけ」

「四十八」

「ま、こんなものかな。高校二年生を誘惑できるとは思えないけれど」

「ところが、保護者は、息子は先生に夢中らしい、って訴えているんだな。先生について熱っぽく話しているって」

「かなり変わった趣味の高校二年生か」日渡は面白くもなさそうに、画面から上谷に視線を移した。「それとも、母親が、熱っぽく語ったからといって恋だと早合点しているか、どっちかだろう」

「彼は、ここのところ英語のテストの結果が悪いんだって。それで、先生を替えるようにラインティーチングに申し入れると言ったら、先生のせいじゃない、僕が悪いんだ、もっと勉強するから先生を替えないで、って、必死に頼み込んだそうだよ」

「ふーん」

日渡は、悠馬の態度をとらえあぐねているらしい。もう一度画面に目をやった。

「どこにでもいそうな中年女性だけどな」

「ただね」

上谷は、辛いはずのカレーライスが甘かったとでもいうような微妙な表情でつけ加えた。

「池島君が、能見さんはとても若く見えるって言うんだ」

「池島君が？」

「彼一度、人事リーダーとして能見さんと直接会っているから」

「直接会っている？　なんのために」

「就労一か月目に彼女の授業をモニターしたところ、生徒とKポップで盛り上がっていて、ろくに授業をしていなかったそうなんだ。それで、忠告するために」

「そんなのはオンラインですませればいいことじゃない」

上谷は苦笑いした。

「興味をもったんじゃないの、四十八歳のおばさんがKポップで十代の子と話しこめるところに」

「個人的な興味でアルバイトを呼び出すのはいただけないな」

「ちなみに、その時のコーヒー代は自腹を切ったということだよ」

それはいいけどね、と、日渡は口の中でつぶやいてから、

「池島君はあれで女性の観察が得意、というか好きみたいだよね。胸の左右の大きさがちがうとか、足首がきゅっと締まってきれいだとか、絶対に人前で言ってくれるなという観察をする。で、その池島君が興味を抱いて会った能見さんを若々しい、と」

「うん。体形がとても四十代後半には見えない、と」

「四十代後半だって、それなりの努力をしていれば、若々しい体形を保てるだろう」

「俺もそう思うけれど。あと、ファンデーションをひどく厚塗りしているんだけれど、皺が出ない、と」

「厚塗りしているからじゃないの」

「厚塗りすると、表情を動かせば、深い皺が現れるそうだ」

「へえ。でも、この写真には皺があるのにな」

日渡は画面の能見の目の辺りを人差し指で叩く手ぶりをしてから、上谷を顧みた。

「それで、上谷は能見さんと会って、なにを確かめたいの？」

「写真の人物と池島君が会った人物と、さらには樋山悠馬に英語を教えている人物とが同じかどうか確認したい」

「別の人物かもしれない、と？」

「能見奈々子のキャリアを騙《かた》っている別人だったら、事だろう。樋山悠馬の英語の成績が悪くなっているということだから」

少しの間、日渡は画面の能見に視線を当てていた。きみはフェイク？　それともリアル？

そう問いかけているような表情だった。

それから、日渡はうなずいた。

「なるほどね」

と、椅子から立ちあがり、

「まかせるよ」

上谷の肩を軽く揉んで、統括室を去っていった。

日渡が上谷の危惧《きぐ》を共有したのかどうか分からない。しかし、笑い飛ばさなかったのだから、ある程度は信憑性《しんぴょうせい》を感じたのではないだろうか。

「とはいえ、本人が来ないんじゃな」

上谷はデスクに頬づえをついてつぶやいた。

ラインティーチングの講義は、三部制をとっている。

第一部は午前九時三十分開始、十二時ちょうど終了。この時間帯はクラス制と名づけ、病気などなんらかの事情で登校できない小学生から中学生までの子を十六人一組として教えている。授業時間は十分ずつの休憩をはさんで三十分単位。現在、小学校高学年むけが一クラス、中学生むけが三クラスある。

第二部は午後一時三十分開始、六時終了。これは個別制と名づけた講座で、オンラインによる家庭教師といっていい。四時三十分までは不登校ながら高校や大学進学を目指す生徒が中心だが、それをすぎると、下校後の高校生が参加してくる。この時間帯からは、授業時間は一コマ九十分になる。

第三部は午後六時開始、十時三十分終了だ。この時間帯が最も生徒数が多く、有名大学を目指す高校生が生徒の大半を占める。

上谷と日渡が学習塾を興したのは七年前だが、その時から授業はすべてオンラインによっていた。病気の子供に勉強を教えたいという上谷の望みからはじめた塾で、当初はクラス制しか敷いていなかった。二人で授業を受け持ち、事務やネット関連の技術も自分たちで行っていた。だが、そのうちに、クラス制だけでは経営が成り立たないと分かり、一般の子供たち相手の個別制も開始した。その直後、パンデミックが起こり、学校閉鎖という事態に立ち至ったため、安全な形で授業の遅れを取り戻そうとする生徒が集まってきた。現在では、ラインティーチングという塾名は全国津々浦々に知れ渡っている。マスコミによれば、有名塾十指に入る大規模校にまで育っているのだ。

しかし、オフィスに出社して来る正規の社員は数人である。面接、経理、スケジュール調整、広告作成、会議……すべてはオンラインでできる仕事になっている。できないのは、サーバーや講師に貸与した端末のトラブルなど、現場で人手が必要とされるものだけだ。

有体《ありてい》に言えば、オフィスとは、上谷や日渡の居住スペースの一角でしかない。そして、居住スペースというのは、東京の多摩地区にある一軒家で、上谷の富農だった祖父母が残したものだ。上谷の両親が娘の病気治療のために土地を切り売りしたが、それでもまだある程度の広さの敷地が残っていて、母屋のほかに二軒の離れがある。上谷と日渡はその離れに住んでいる。

そして、築八十年は経とうという母屋を、ラインティーチングの本社として使っている。アルバイトはもとより正社員ですら滅多に出社することがないので、それでなんの支障もない。

2

オフィスに顔を出すことなど想定されていないアルバイトの一人である能見奈々子は、授業が第二部の終了時間帯になっても姿を現さなかった。

何度スマートフォンに電話しても、まったく応答がない。

上谷は四時を過ぎたころにはすっかり諦めてしまった。能見と会うために着ていたスーツを脱ぎ、ラフなポロシャツとジーパンに着替えた。

この始末をどうつけるか。

馘首を言い渡すのは、短気すぎるだろうか。なにか事情があるのかもしれない。家族が急病になったとか……それでも、電話をかけてくるくらいはできると思うが。

ふだん上谷は、第三部の開始前に軽食をとる。しかし、今日はその気になれず、新しく講師に応募してきた顔ぶれを眺めていた。能見の代わりを探すともなく探していたのだ。

応募者の中に、能見のような経験豊富な人材はいなかった。現役の大学生や大学を卒業したばかりの者が多い。その点ではちょっとした試験、摸擬授業をさせてみる必要性を感じる。

もっとも、ベテランの能見を選択したがる受講生は存外少なかった。年齢が近いほうが気安いとか、勉強でまで母親と年齢の近い女性を相手にしたくないという思いがあるのかもしれない。

樋山悠馬にあてがうとしたら、誰がいいだろう。考えるともなく考えていると、端末が元気なメロディを奏でた。その「学園天国」という数十年前に流行《はや》ったポップスのメロディは、生徒からの直通であることを示している。

上谷は、端末が表示する生徒のファイルに目を走らせた。名前は新田真理明《にったまりあ》、大学受験を間近に控えた高校三年生、第三部の英語の授業を取っていて、教師は——能見だ。

ほかの誰かが受けるのを待つわけにいかない。上谷は、緊張して直通に出た。

「はい、ラインティーチングです」

長い髪を兎《うさぎ》の耳のように結いあげた女子が画面に現れた。かわいらしく小首をかしげている。

「新田といいます。あのー、能見先生が出てくれないんですが」

上谷は画面の右隅の時計を見た。いつの間にか八時になろうとしている。第三部の二コマ目がはじまってすでに三十分が経過しようという時間だ。

上谷はほぞを噛んだ。能見が出社しなかったにもかかわらず、人事リーダーの池島に連絡を入れていなかった。今夜、彼女に授業があり、それを無断で休業する可能性があったのに、そこまで考えが及ばなかった。能見のスケジュールをチェックして、代わりの講師を用意しておくべきだったのだ。

もう池島に連絡をしている暇はない。自分で能見のスケジュール表を開く。幸い、今日の割り当ては新田一人だった。

「なんの連絡もなしに、ですか」

上谷は訊いた。なかば時間稼ぎの質問だ。画面では、英語講師の管理スケジュール・ファイルを開いて、今夜能見に代わって新田を受け持つことのできる人間を探している。

「はい。ラインティーチングさんからもなんの連絡も来なくて」

「そうでしたか。申し訳ありません。こちらの手違いで、新田さんへのご連絡が遅れておりました」

いない。眩暈《めまい》がするほどの数のアルバイトがいるのに、金曜日のこの時間帯、誰一人、能見に代われそうな英語講師がいない。

こういう時、日渡ならピンチヒッターになれる。なにしろ、高校から渡米し、むこうの大学を卒業して一時期現地のベンチャー企業に勤めていた人だ。本場の英語が使える。しかし、今日は生憎《あいにく》不在だった。病気療養中だったクラス制の生徒の一人が亡くなったため、通夜に出むいているのだ。

こんな非常事態はいまだかつてなかった……などとぼやいている場合ではない。

こうなったら仕方がない。

直通では、講師以外は顔をさらさないことになっているが、上谷はカメラをオンに切り替えた。

「申し訳ありません。前回の授業はどこまで進んでいますか」

「はあ？」

新田は、兎の耳を揺らして首をかしげた。

「なんでですか」

「今日は、私が英語教師を務めさせていただきます。上谷と申します」

「えーと、事務員さんじゃなかったんですか」

「現在事務員ではありますが、アメリカに留学していたので、英語は得意です」

実は上谷の場合、留学と言っても日渡と異なり、小学生の時だった。商社に勤めていた父親の転勤で、アメリカの小学校で二年ほど学んだことがあるだけだ。大学での専攻は国文学で、取得した教員免許も当然ながら国語だった。英語を忘れてはいないし、発音にかんして褒められるが、文法をきっちり説明できるかと問われれば心もとない。

しかし、そんなことは知る由《よし》もない新田は、あっさり納得した。

「あ、そうなんだ。ええと、前回はですね、長文を読む練習をしこたまさせられました」

「すると、それはもう終了？」

「さあ、どうかしら」

「分かりました。授業用のラインに移動してください」

「はい」

上谷は、自分も新田の授業用ラインに切り替える一方、大急ぎで英語講義用のフォルダーを画面に呼び出した。「英語問題集」と題したファイルをクリックし、その中から「長文－和訳」のファイルを開いて、適当な文章を選び出す。長文といっても、三センテンスほどの短いものだ。それを画面共有した。

「これを一分以内に訳してください」

「一分？　能見先生は十分くれたけど」

「十分？　この程度の問題に十分もかけていたら、受験の時に全問を答えられませんよ」

新田は「ブブブ」という声が聞こえそうな口つきをし、それからキーボードを叩きはじめた。パソコンを習いはじめたばかりのような、のろい打ち方だ。それでも、一分で答えを返してよこした。だが、それを見て上谷は呆気にとられた。

翻訳どころか、ほとんど意味をなした日本語になっていない。単語の羅列だ。たとえば、「He looked at the girl who wore his mother's old dress.」を「彼は少女を見た。誰が彼の母親の古いドレスを着ていたか」と訳している。「who」を疑問詞だと思っているのだ。その前にピリオドもなければ文末に疑問符もなく、さらには「w」が大文字で記されていないにもかかわらず。

上谷は新田のＩＤを見直した。志望大学の欄には、有名私立大学の名前が書かれている。

上谷は画面共有を解いた。

「新田さん、ふざけている？」

「え」

新田はまたしても小首をかしげ、にこっと唇を横に伸ばした。とても無邪気な笑顔だ。

事務員である自分を馬鹿にしているのか、それとも遊んでいるのか。

「who は関係代名詞ですよ」

「関係代名詞……」

新田は不可解そうな声でつぶやいた。

上谷は件《くだん》の文章を出し、ポインターで「who」を指した。

「これ」

「関係代名詞って、なんでしたっけ」

真面目な顔で訊く。

「関係代名詞、習っていないんですか」

「私、中学からほとんど学校に行っていないし」

あ、と、上谷は画面の片隅の新田のファイルを見直した。

不登校という記載はなかった。もちろんそういった事実を書くか書かないかは、本人の自由だが。

「でも、大学に行きたいんでしょう。これまで英語の勉強をしてきたんでしょう。少なくとも能見先生は、関係代名詞という用語くらい口にしていたでしょう」

「うーん」

新田は、視線を落として自分の爪を眺めはじめた。その爪は短く切りそろえられ、マニキュアも塗られていない。爪に芸術的なネイルを施している若い子が多い中で、珍しい。

「能見先生は、嫌いなことは覚えなくてもいいって。私、英語、将来使うつもりないし」

一瞬、なにを馬鹿な、と言いかけて、上谷は思いとどまった。上谷と日渡がラインティーチングをはじめた当初は、病気や不登校の子供たちを学びの場から置き去りにしないということを理念に掲げていたのだった。

「英語なしで大学は受からないですよ、でも」

「能見先生は、少子化時代だから、定員割れの大学がいくつもある。そこなら英語の成績が悪くても入学できるだろう、って」

「新田さんは、大学ならどこでもいい、と？　志望校じゃなくても？」

新田は、悪びれるどころか向日葵《ひまわり》のように明るい笑顔になった。

「ああ、ラインティーチングに出した書類に書いた大学ね。べつに入りたかったわけじゃないの。名前が浮かんだから、書いただけなの。だって、私の入れそうな定員割れの大学なんて、どこか知らなかったんだもの」

上谷は、束の間、脳内の整理がつかなかった。しかし、すぐにこういう子もいるさ、と気持ちを切り替えた。

「そうなんだ。じゃあ、それでもいいけれど、能見先生とはどんなふうに勉強していたの」

「英文の中の単語を一個一個読んだり書いたり、ってところかな」

「それで、英語の実力は増進した？」

「どうだろ」

「能見先生は、この半年の間、小テストをしたことはないの？」

「ない。能見先生、とってもやさしいから、私が嫌だということはしない」

それをやさしいと言うか。

「じゃあ、一時間半の間、英文の単語を読んだり、書いたりしていただけなんだね」

「ううん」と兎の耳を揺らして首をふるから、

「ほかになにを？」期待して訊くと、

「アニメの話とか、ファッションの話とか。能見先生って、うちのハーハより年をとっているのに、そういう話にちゃんとついてこられるの。私より詳しいくらい」

「アニメやファッションの話をしていたの、授業中に？」

新田は、無垢そのものの微笑をしてうなずいた。

上谷は頭が痛かった。そんな内容の授業に少なからぬ金銭を払っていて、親は怒らないのだろうか。ファイルによれば、新田は英語以外にも数学や歴史を受講していた。そちらの授業態度がどうなのか調べてみないと分からないが、たとえいい加減なのが英語だけであったとしても、上谷は良心が疼《うず》きそうだった。

「お母さんは、新田さんの英語にかんしてなにか言っていない？」

「お母さん？」

ハーハというのは、母親のことだろう、発音がいくぶん奇妙だが。

「ええと、ハーハさん。お母さんでしょう？」

新田のあけっぴろげな表情が五寸釘でも打ち込まれたように険悪になった。

「ハーハは私に無関心だから。私が学校に行こうが行くまいが、ハーハのせいでいじめられようがなにされようが、どうってことないもの」

親からネグレクトされているのか。それにしても――。

「お母さんのせいでいじめられる、というのは？」

「彼女は小学校の教師なの。鬼でね、生徒に嫌われていた。学校内に彼女のいる小学生の間はともかく、中学へ行ったら、彼女に習った先輩や同級生が大勢いるわけで、私が彼らの恨みを晴らす対象になった、ということ」

「そりゃあ、まあ」

上谷は慰めの言葉をかけようとしたが、気を変えて疑問を口にした。

「そんなに厳しい人が、自分の娘の不登校を黙認しているんだ？　でも、大学進学を勧めたのはお母さんなんじゃないの」

デリカシーを欠いた質問だとは思う。しかし、高い受講料を払って娘に勉強をさせている親が、どの程度娘の大学入学に熱心なのか知っておかなければならない。場合によっては、能見ではない、もっと厳格な英語講師に交代させる必要がある――能見は仕事を放置してなにをしているのだろう？――

「自分で考えたんだよ」

と、新田は予想外の返事をした。短い間をおいたあとに、しっかりと言う。

「私、家を出たいの。暮らしていけるだけの給料をくれるところに雇われるには、中卒じゃ無理でしょう。大卒の資格が必要だと思う」

これまでの話で感じたほど能天気な子でもないようだ。となると、余計、もっとちゃんとした受験英語を授けなければならないのではないか。

上谷がそう思った矢先に、新田は態度を子供っぽく変えて言った。

「ねえ、能見先生、どうしちゃったの。急病かなにか？」

「うん、まあ、そんなようなもの」と新田には言うしかない。

「そうか。つまんない。今日はヒミヤの話ができると思っていたのに」

「ヒミヤ？」

「知らないの？　『秘密の刃《やいば》』」

「あ、アニメの話？」

テレビで放送されているアニメだ。見たことはないが、子供はもちろん大人にも大人気になっているという評判くらいは、上谷も知っている。

「能見先生と話すと、すっごく盛り上がるんだ。能見先生も毎週楽しみにしているんだって。でも、今週は感想を聞けないのか」

新田は、寂しそうに肩を落とした。

上谷は腹立たしい。まったく、能見はなにをやっているのか。せっかく自立心をもっている少女をよい方向に導いて目的を成就させようとしている気配が感じられない。これは、どうしても講師を替えなければならない。

「ええと、能見先生からは、もう授業を受けられないと思うよ」

新田の兎の耳のような髪の毛が、跳ねた。

「え、なんで」

「断りもなく授業を休むなんて、きみだって嫌だろう」

「そんなことないよ。能見先生と話しているとほんとに楽しいもの。能見先生と会えなくなるなんて、そっちのほうが嫌だ」

新田は真っ赤になって言いつのってから、不意に下から掬《すく》いあげる目になって上谷を見た。

「もしかして、先生を首にする気なの？」

外見と裏腹に鋭い。

「だって、放置しておけないよ。出社する約束は無断で反故《ほご》にするし、授業は放りだすし。こんな無責任な講師を置いておくわけにはいかない」

新田は少し考える表情をしてから、

「能見先生、出社する約束も反故にしたの？」

「え、ああ、そうだよ」

これは、生徒相手に明かすことではなかったかもしれない。立腹していたので、つい口にしてしまった。

「それって、今日のこと？」

と訊いてくるのにも、しゃべってしまったのだから、と正直にうなずいた。

すると、新田は急に道理を説く老人のような調子になって言った。

「先生の身になにかあったんだと思う。先生の家に行ってみるべきだよ、絶対」

「うーん。まあ……」

出社する途中で事故に遭ったとか、そういうことは考えられなくはない。

「私も一緒に行ってあげるよ」

「え？」

「先生のうち。女性の家に男が一人で訪ねるの、問題でしょ」

新田は真面目きわまりない顔をしている。能見の性別を度外視していた上谷は、笑いだしそうになって視線をそらした。

そらした先に、時間の表示があった。八時四十五分。新田の英語の受講はあと十五分で終了だ。もっとも、三十分遅れではじまったのだから、良心的な経営を心掛けているラインティーチングとしては、あと十五分で通信を切るのは気が咎める。

「能見先生のことはこちらで調べるから、授業に戻ろう」

「えー」

新田は大きく口をあけてなにかしゃべろうとした。だが、上谷はそれより早く関係代名詞の説明をはじめた。

3

受験生に休日はない。したがって、ラインティーチングにも休日はない。

もっとも、社員はさすがに週休二日制だ。しかし、経営者には受験生同様、休日はない。なにか起こった時のために、常に待機の状態だ。

といっても、土日祭日は、午前中の授業はない。クラス制の生徒は受験生ではないので、学校と同様休日は休日なのだ。

そこで、土日祭日の午前中は上谷ものんびりできる。十時頃まで惰眠を貪《むさぼ》ったり、時には一念発起して早朝からジムに行って日ごろの運動不足を解消したりする。上谷は二十代のころはモデルになれるような体形をしていた。だが、三十代に突入してからはうっすらと贅肉がつきはじめた。用心しなければならないと思っている。

しかし、今日の土曜日は、ぎりぎりまでベッドにしがみついているつもりだった。ゆうべは英語の授業をするという慣れない仕事をしたうえ、日渡や人事リーダーの池島史郎《しろう》とも話し合って、能見に代わる英語講師を遅くまで探していた。

「どうして能見奈々子は消えちゃったんだろう」

と、上谷がぼやき、

「まだ消えたとは限らないと思うけれど」

と、日渡が慎重なものいいをし、

「ま、いいじゃないですか、アルバイトの一人や二人」

と、池島が気楽にのたまった会議は、結局、新たに雇い入れるしかないという結論に達したのだった。

アルバイト講師の募集には、コンスタントに応募が来ている。自分に都合のいい時間に好きな場所から副収入を得られるのが魅力なのだろう。

とはいえ、新田にふさわしい人材が容易に見つかるかどうかは分からない。なにしろ、大学受験に必要な英語をまるで身につけていない。能見が新田を教えはじめて半年になる。予備校のベテラン講師が半年もの間、なにをしていたのか。それとも、新田の英語は受講前はもっとひどくて、能見のおかげであそこまで進歩したのだろうか。

うつらうつらしながら頭の隅で考えていた上谷の耳を、誰かの声が打った。かなり大きな声だ。

「お電話です」

どうやらだいぶ前からしゃべっていたらしい。ヘルと名づけたスマートフォン付きＡＩ音声認識サービスだ。中性的な声に設定してあるが、主人が反応しないとだんだんヒステリックな女性の声めいてくる。

「何時」

上谷はまずそう訊いた。

「八時二十九分です」

平常音で応じたあと、ヘルはまた、

「お電話です」

ヒステリックに言った。

「誰から」

「社長です」

「オンにして」

上谷はまぶたをこじあけると、枕もとのヘルを取り上げて耳に当てた。

「起きた？」

日渡の声が流れてきた。とっくに目覚めている声だ。

「どうしたの」こんな早くに、という言葉は省いた。

「新田嬢からの直通。出て」

半開きだった上谷の目が全開した。

「僕が？　日渡さんじゃ用をなさないの」

「彼女に名乗ったんだろう？　上谷さんご指名だ」

新田との一件は、業務上の出来事として一から十まで日渡に報告してある。

上谷は、低く唸って上半身を起こした。新田相手では、カメラを切って出るわけにいかないだろう。

「彼女に五分待ってと言って」

「了解」

上谷は大急ぎで上半身をパジャマからワイシャツに着替え、自室を出た。飛び石を五個踏んで着くむかいの建物は、ラインティーチングの社屋だ。

くしゃくしゃになっているにちがいない癖っ毛を手櫛で整えながら端末の前に座り、直通をオンにする。

眉を逆八の字にした新田の顔が現れた。

「おはよう。どうしました」

「能見先生のところに行っていませんよね。いつ行くんですか」

「え」

行くと言った覚えはない。

「いや、いつと言われても」

「メールにもなんの返事も来ないんです」

「ああ？」

「いつもは質問を送ると一時間以内には返事をくれるのに、一晩経っても音沙汰なしなの。直通にも出てくれないし。心配で、心配で」

身を揉むようにして言う。

「そう」

もしかしたら、本当に心配すべき事態なのかもしれない。しかし、上谷にはオンラインでしか会ったことのないアルバイトの安否を確認する義務感が湧いてこない。能見の親族が不安になって彼女の住まいへ様子を見に行き、そして会社に連絡してくる、それが手順のように思える。

「能見先生、天涯孤独の身の上なんだって」

新田が新たな情報を投げてくる。

個人的な話までしていたのか。

それはそうか。テレビのアニメで盛り上がる仲なのだから。

ラインティーチングのほうは、アルバイトの家族関係まで把握していない。そういったことは、立ち入ってはならない個人情報なのだ。

「だから、万が一部屋で倒れていても、誰も見つけてくれないでしょう」

「まあ、そうだね。何日か経って、郵便受けに新聞や郵便物がたまっているのを不審に思った人、おそらくは新聞配達員か郵便配達員あたりが気にして警察に通報でもしないかぎり」

上谷が考え考え言うのを、新田が途中で遮った。

「いまどき、そんなお節介な配達員がいる？　住人が旅行に行っていると思うだけかもしれないし、異変を感じても警察に届ける手間を惜しむかもしれないし、あるいはなにも考えないことだってあるよ。それに、配達員が気がついて行動を起こしたとしても、その時点で」

新田の表情が、まるで画面にノイズが走ったかのように歪《ゆが》んだ。

「もう、遅いかもしれない」

ているようだ。

どうやら新田は、能見がなにかの理由で人事不省の状態に陥っているのではないかと恐れ

確かに四十八歳という年齢は、脳や心臓の急な病で倒れる可能性がなくはない。上谷の父親が心筋梗塞で還らぬ人となったのは、五十二歳の時だった。考えてみれば、能見と四歳しかちがわない。

不意に、上谷の脳裏に一昨日の能見の仕草が蘇った。不安そうに胸に両手を当てた瞬間があった。もしかしたら、心臓に異変を感じていたのかもしれない。

上谷も不安が増した。しかしながら、アルバイト一人のためにそう簡単に動ける身ではない。

「だけど、私は午後から仕事があって……」

「土曜日なのに、仕事なの」

「従業員は休めても、経営者は休めないんだ」

新田は、なぜか呆れたように上谷を眺めまわした。

「上谷さんって、ただの事務員じゃなかったの。経営者だったの」

「ああ、まあ……」

「そういえば、会社情報欄に上谷って名前があった」

会社情報欄なんか見ているのか、この兎耳の髪形の少女が。上谷が意外に思っている間に、新田は想定の上を行く決断を下した。

「じゃ、先生の住所を教えて。私が行ってくる」

上谷のほうは、簡単に決断できなかった。

受講生に講師の住所を教えていいものだろうか。

それにしても、母親を心配させるほど能見に傾倒している樋山といい、この新田といい、能見には受講生を惹《ひ》きつけるなにかがあるらしい。

上谷は、画面上に置いてある講師のフォルダーをクリックした。能見のファイルを開く。

能見の住所は埼玉県の彩《さい》市になっていた。ルートを案内するサイトで調べると、車を使えば社からその住所まで四、五十分の行程だった。

行って、安否確認をして、帰る。かかるのは全部で三時間といったところだろうか。

もっとも、なにが待っているか分からないのだから、安否確認がすんなり一時間で終わるとはかぎらない。もし、能見が部屋で人事不省になっていたら、救急車を呼んで病院まで付き添って……それでも、午後の執務がはじまる一時までに間に合わないことはないだろうと、上谷は見積もった。

決めた。

「分かった。私が行くよ。行って確かめる」

新田は「わあ」と、嬉しそうに両手を叩いた。

「で、住所はどこ」

「埼玉県の彩市」

上谷はうっかり答えた。

新田は目を丸くした。

「うち、彩市。私も行く」

上谷はギョッとしたが、すぐに考え直した。病院への付き添いがあるとしたら新田に肩代わりしてもらえるかもしれない。

上谷は新田に能見の住所を教え、一時間後に彼女のアパートの前で落ち合う約束をした。


能見の住むアパート、いずみ荘は、彩市の名を冠した私鉄駅から徒歩二十分程度の住宅街にあった。古くからの住宅街らしく、どの家も敷地が比較的広く、そのかわりといっていいのかどうか建物は古びたものが多かった。

いずみ荘は、T字路の右手最奥に、ひっそりと建っていた。ナビが「到着しました」と告げなければ、やりすごしてしまいかねないほど目立たなかった。

こぢんまりした二階建てで、近隣の住宅同様、築年数が相当経っていそうだ。外壁は何年もペンキの塗り替えがされていないらしく、もとが白だったのか灰色だったのかそれとも薄い水色だったのか判然としなくなっている。

能見はこんなところに住んでいたのか。

上谷は車に乗ったまま、少なからず驚嘆していずみ荘を眺めた。

能見が抱えている生徒は五人。それだけでは生活できないだろうに、クラス制への登録を断ったという事実から、おそらく現在は悠々自適でアルバイトは退屈しのぎのために行っているのだろうと想像していた。しかし、この住まいを見ると、そういうことでもなさそうだ。

外階段前に自転車がとめてあり、少女がその自転車のハンドルをつかんで立っていた。

車のフロントウインドー越しに、少女と目が合った。

ボンボンのついたピンクの毛糸の帽子をかぶっているので、特徴的なウサギのような髪形は見えなかった。だが、新田だ。

端末越しに受けた印象より、はるかに体格のいい子だった。中学から不登校気味だと言っていたので、なんとなく弱々しくて、太りすぎか痩せすぎか極端な体形をしている子を思い描いていた。しかし、バスケットボールとかバレーボールといったスポーツでもしているような、のびのびとした体形だ。顔の色は白かったが、これは家に引きこもっているからというよりは、地色のように見える。毛糸の帽子とは不釣り合いな、紺色のジャージの上下を着ている。

上谷は、路上駐車になることを案じながら車をおりた。新田に近づいていく。

「お待たせ」

と言うと、新田は小さくうなずいてから訊いた。

「その髪、天然ですか」

「はあ？　そうだけど。それがなにか」

ドライヤーで整えている暇がなかった。クシャクシャなのだろうと、髪の毛に触ると、新

田は白い歯を見せて、

「かわいい」

と言ってのけた。上谷は脱力しそうになった。

新田はすぐに表情を変え、苛立たしげにいずみ荘を指さした。

「ネームプレートがないの」

「101号室になっていたよ」

といっても、いずみ荘についている玄関ドアは上下階合わせて四枚だった。四部屋しかな

いということだ。101号とは、ずいぶん大袈裟《おおげさ》な番号である。

「どの部屋にもネームプレートがないよ。でも、そっか。じゃあ、こっちかこっち」

新田は、一階の二枚のドアを両手でさした。

「道路に近いほうが101じゃないかな」

言って、上谷は手前の玄関ドア脇についているボタンを押した。中からピー、ポンという、壊れかかっているのではないかと思われる呼び出し音が聞こえた。

一分ほど待ったが、なんの応答もなかった。

上谷はもう一度ボタンを押した。ピー、ポン。また一分待つ。

やはり、応答はなかった。

上谷は、隣のドアに移った。ボタンを押す。ピーン、ポ。一分待つ。ボタンを押す。ピーン、ポ。一分待つ。同じことをくり返してから、外階段に足をかけた。

新田が訝《いぶか》しげに上谷の行為を見ている。

「二階に行って、どうするの」

「情報収集」

上谷は、階段を上がっていった。新田はついてこなかった。

上谷は、101号室の真上と思われる部屋のボタンを押した。この部屋の呼び出し音はピンポーンと鮮明だった。今度は一分待たずに、中から声がした。

「はい？」

ドアが開いて、若い男が顔を覗かせた。ぼさぼさの髪をして、眠そうな目をしている。

上谷は、今日が土曜日で、午前十時をすぎたばかりだということにあらためて気がついた。

「朝早くすみません」と謝ってから、

「下の人のことで伺いたいんですが」

名刺を差し出した。

若者は名刺をためつすがめつしてから、少し眠気のとれた目で上谷を眺めた。

「下の人のこと？」

「はい。うちの講師なのですが、昨日から連絡がとれなくなっているので、なにかごぞんじではないかと」

「へえ。下の人、ラインティーチングの講師だったんだ」

若者の顔からさらに眠気が去っていった。

「ラインティーチングさんって、四流大学の学生は採用しないって、ほんとですか」

「は？」

「いや、そういう噂が飛んでいて、アルバイトにちょうどいいんだけれど、僕の大学じゃあ駄目かなーと思っていて」

そういえば、彩市には某私立大学がある。記憶によれば偏差値が四〇を切っている大学だったはずだ。今日利用した車のナビにもその名前がチラついていたから、校舎がこの近くにあるのかもしれない。そして、このアパートはそこの学生目当てに建てられた可能性がある。

上谷が市内の私立大学の名前を挙げて、

「そこの学生さんですか」

訊くと、若者はうなずいた。

上谷はにっこりと営業スマイルをした。

「当塾では、出身大学による差別はしていません。学力のみで雇用しております。どうぞ奮《ふる》ってご応募ください。年中無休で募集しておりますので」

「学力かー」

若者は口の中でつぶやいた。考えこむ風情だ。

学力、ないかもしれないな、と思いながら視線を斜め下に移すと、新田と目が合った。

新田は、焦《じ》れた表情で上谷を見つめている。上谷は話を本題に戻した。

「で、下の住人のことなのですが」

「ああ、下の、ね」

若者は首をふった。

「よく知らないです。下からの物音はほとんど聞こえないし、いるのかいないのかも分からない。一度だけ、顔を合わせたことがあるけれど、怯《おび》えたような表情でぱっと部屋の中に入っちゃったから」

怯えたような表情で？

「どういうシチュエーションで顔を合わせたんです？」

「いつだったか日曜の昼間、僕がバイトに行こうとして階段をおりていったら、ちょうど彼女が外出から帰ってきたところだったらしくて、部屋の前で鍵を出そうとしていたんです。で、僕の足音に気がついて階段をふりむいて、僕はこんにちはって声をかけたんだけれど、彼女はすぐに鍵をあけて中に入ってしまいました」

ちょっと間を置いてから、若者は独り言めいた言葉をつけ加えた。

「すぐじゃないな。鍵をあけようとするのに手間取っていた。何度も鍵を鍵穴にさそうとして、失敗して。手が震えていたのかもしれない。すごく硬い後ろ姿だった」

「なにか恐れていたんでしょうか」

「さあ。僕のことじゃないと思いますよ。なにしろ、はじめて会ったんだし、とくに恐れさせるような音をたてたこともないはずだし」

若者は勘違いされては困るというふうに、早口で言った。

上谷は勘違いなどしていないという意味をこめて、うなずいた。それにしても、能見奈々子という女性にはなにか秘密があるのだろうか。頭の片隅で考えていた。

「上谷さん」

下から新田が呼びかけた。我慢の限界を超えかけている声音だ。

「あ、もうひとつ訊きたいことがあります」

上谷は若者にというよりも、新田に聞かせるつもりで言った。新田の耳が受け取ったかどうかは不明だったが。

「隣とその下も、あなたと同じ大学の学生さん？」

「どうだろう。隣は学生っぽいけど、話したことがないから。その下は、僕と同じ大学だったけれど、一か月ばかり前に引っ越して、いまは空き家です」

若者は、声をひそめた。

「中退しちゃったみたいですよ。学費がつづかなかったんじゃないかな」

「ああ……」

世の中では、前回のパンデミックが終息してからも、貧富の差が拡大している。むしろ、パンデミックの時よりもひどいくらいだ。学業をつづけられなくて中退する学生が増加している。とくに、私立大学で。やりきれないことだ。

上谷は、若者に頭を下げた。

「どうも、朝早くからありがとうございました」

「あ、あの」

階段をおりようとした上谷に、若者が声をかけた。

「僕、亀戸《かめど》といいます。亀戸智久《ともひさ》。よろしくお願いします」

よろしくお願いしますとはどういう意味だ。ラインティーチングに応募しようというのだろうか。この若者も、よいアルバイトに恵まれないと中退に追い込まれそうなのかもしれない。

上谷は、いくらか不憫《ふびん》を感じた。ふり返って、軽く手を挙げた。とはいえ、学力のないものを講師として雇うことはできない。

4

上谷が一階に戻ると、新田が１０１号室のドアノブに手をかけた。

「鍵がかかっていないんだよ」

「そうなの？」

新田は、あけてもいい？　という目つきをしている。

上谷は、あけるだけなら、とうなずいた。

新田はドアをあけ、上半身を中に突っ込んだ。

「能見先生、いないんですかあ」

上谷も新田の頭越しに中を見た。

ネズミの額ほどの三和土《たたき》があり、そこから先はまっすぐにフローリングがつづいている。真正面から薄明かりがさしているのだが、そこは窓らしい。カーテンが閉め切られているので、夕暮れ時に等しい光しかない。それでも、室内に人の気配がないのは見てとれた。

カチッと音がした。新田が壁のスイッチに触ったらしい。しかし、照明がついて室内を照らしだすことはなかった。

「電気のスイッチじゃないのかな」

新田はつぶやいた。

「留守らしいね」

上谷は言った。

「鍵をかけずに外出？」

「そういう人もいるだろう」

とはいえ、さっきの亀戸の話からして、能見が鍵をかけずに外出するタイプには思えない。こんなことをしていいのか悪いのか。上谷は悩んだが、しかし突き上げてくる不穏な気分に抗しきれなかった。

「ちょっと入ってみよう」

上谷が言うと、新田は待っていましたというように下半身も中に入れて、靴を脱いだ。上谷もあとにつづいた。

新田は真っ先に窓辺へ行き、カーテンを開いた。

窓のむこうは隣の家の壁が迫っていて、たいして明るくならない。しかし、室内の様子を大雑把につかむことはできた。

上谷は、中年女性の住まいに詳しいわけではない。せいぜい亡くなった母親の部屋を覚えている程度だ。それでも、この室内が異様だということは分かった。

布団一式が部屋の片隅に畳んで積まれている。

天井に照明の類《たぐ》いがない。

家具は、パソコン用デスクとテーブルと二脚のスツール、小さな冷蔵庫のみ。

作りつけの箪笥があり、その扉が開きっぱなしになっている。しかし、中に入っているのは、大ぶりのスポーツバッグ一個だけだ。ハンガーは数本あるが、そのどれにも衣類はかかっていない。

能見は着替えをまったく持っていないのだろうか。

室内を見渡しても、洋服箪笥は、それしかない。

「能見先生、夜逃げでもしたの？」

新田が心細げにつぶやいた。

冷蔵庫の横のキッチンセットは、ままごと遊びのもののようにささやかだ。シンクは少し大きな鍋なら洗うのに苦労しそうなほど小さい。

その小さなシンクに、ラーメン丼が置かれていた。丼にはなにやら毛糸大にふくらんだものが入っている。

「なにかの麺類の食べ残しだね、きっと。汁を含んでふくれあがったんだ」

新田は言った。なんの感情もともなっていない口調だった。自分なりに状況を解釈しようとしているのだろう。

能見がなぜ夜逃げしなければならない？　自分が社に呼び出したから？　まさか、そんなことで！

上谷はさらに室内を見まわした。

テーブルには電気スタンドが載っていた。

その電気スタンドにはコードがついていない。なんだ？　と、上谷は手を伸ばした。

スイッチらしいものがあった。押してみると、周囲に柔らかな光が広がった。

新田がこちらをふり返り、そばに来た。

「ソーラーライト？　能見先生ってば、これで生活していたの？」

「きわめつきのエコロジストだったんだろうか」

「そんな話はしなかったよ」

上谷がテーブルの上を漠然と眺めていると、新田が急にしゃがみこんだ。

「マグカップが落ちている」

上谷は、テーブルの下を覗いた。新田の言った通り、床にマグカップが一個転がっていた。その周辺には黒っぽい染み。多分コーヒーの跡だろう。

新田は立ちあがると、電気スタンドを持ちあげた。流し台の並びのバスルームと思われるドアへ行く。淡い光に照らし出された新田の頬は青ざめていて、決意の表情だ。

「きみ、新田さん、そんなに勝手に家探ししちゃまずいよ。もう出よう、能見先生が病気で倒れているんじゃないことが分かったんだから」

上谷の言葉を無視して、新田はドアをあけた。電気スタンドをバスルームに差し入れ、首だけ突っ込む。

上谷は、新田の後ろからバスルームを覗きこんだ。窓がなく、居室よりさらに暗い。天井には電球型の照明器具がついていた。上谷は試しにバスルームのドアの横のスイッチを押してみた。

明かりがついた。

思いのほか明るい光が照らしだしたのは、おそろしく狭いバスルームだった。公共施設の多目的トイレだって、これより狭くはないだろう。そこにバスタブと洗面台とトイレが組み込まれている。

バスタブの蓋があいていたが、湯は張られていなかった。全体に建物相応に古びているが、目立った汚れはない。

新田は、大きく息を吐きだした。どうやら、それまで呼吸をとめていたらしい。

「なにを考えていたの」

「死体とか、血の痕とか」

新田は小声で言った。青かった頬が赤くなっている。

「能見先生が事件に巻き込まれたと思っているの」

「上谷さんはそう思っていないんですか」

上谷は肯定を躊躇った。

確かに、おかしな点はいくつかある。マグカップが床に落ちたままになっているし、玄関ドアは施錠されていない。

客が来て、その人物と諍《いさか》いが起きた可能性を示しているように見える。

しかし、諍いが起きたからといって、すぐさま事件性を疑うのはどうだろう。もしかしたら、ちょっとした言い争いで客が部屋を出ていったのを、能見が追いかけていったということも考えられる。鍵をかける余裕もなく。

しかし、それはいつ起こったのか。

上谷はテーブルに戻り、這いつくばって、マグカップからこぼれたコーヒーの跡を観察した。乾ききっているところを見ると、数時間かそこら前に起きた出来事ではないようだ。

誰かを追いかけていってこんなに長い間帰ってこないとしたら、やはり憂慮すべきことが起こったと言えるのではないか。

ふと気がつくと、新田が作りつけ箪笥の前にいて、スポーツバッグをあけようとしていた。

上谷は新田をとめようとしたが、遅かった。新田はバッグをあけてしまった。

「わあ、衣類が入っている」

新田がバッグから衣類を取り出そうとするところで、やっと上谷は新田の動きをとめた。

「やめなさい」

「なんで？」

「能見先生が帰ってきてバッグの中の異変に気がついたら、誰かが侵入したと思うだろう」

「現に侵入しているじゃん」

「私たちは能見先生が倒れているかもしれないと思ったから入っただけで、能見先生の持ち物を調べるためじゃないよ。万が一、バッグに衣類のほかに貴重品が入っていたとしたら、能見先生は警察に届け出るかもしれない」

新田はパチンと指を鳴らした。

「そうだ。警察に届け出ようよ」

警察沙汰になるのを避けたいのに、この娘はなにを考えているのだ。

「私たちが？　どうして」

「だって、おかしいじゃない。汁を吸いこんだ麺。床に落ちたマグカップ。鍵のかかっていない玄関ドア。そして、ほぼからっぽの洋服簞笥」

「もしかしたら」上谷は、思いついた。「能見さんはこの部屋に住んでいるわけじゃなく、仕事部屋にしているだけなのかもしれないよ。だから、必要最小限のものしか置いていないんじゃないかな」

「お布団があるのに？」

「泊まりこむことがあるためとか、休憩するためとか」

「洗面台の上の小さな棚に、化粧品が目一杯並んでいたよ。ほかに住まいがあるなら、口紅とかファンデーションとか、必要なものだけバッグに入れてくればすむんじゃない。あんな狭いところに用意しておかなくても」

ずいぶんな観察眼だ。高校生とはいえ、さすがに女子だ。

「そうか。化粧品って、そういうものなんだ」

「ね」と、新田は上谷の目をまっすぐに見て言った。「衣類がないのは、衣類についているかもしれないＤＮＡで遺体が能見先生だと分かることを恐れた犯人が持ち去ったからじゃないのかな」

「ＤＮＡ……」

上谷は、新田の発想よりも、新田がＤＮＡという単語を知っていることに驚いた。新田は英語で見せたほどひどい学力ではないのかもしれない……塾経営者の頭で考える一方、新田の誤りを指摘した。

「衣類ならスポーツバッグに入っていたじゃない」

「たったあれっぽっち！」と、新田は鼻を鳴らした。「犯人は、スポーツバッグの衣類を見逃したんだよ。能見先生が手を通したあと洗濯していないと思われるものはみんな持ち去ったにちがいないよ」

上谷は、呆れるのを通りこして笑いたくなった。新田はミステリ・ドラマのファンなのだろうか？　上谷には決してできない想像を広げている。

「そもそも遺体なんかどこにあるの」

「これからどこかで発見されるかもしれないでしょう」

「僕はそんなことはないと信じるけれどね」

「なにを根拠に？」

根拠、か。それを問われると、新田の想像力のほうがまだしも分がよさそうだ。

「いや、根拠はないよ。ただ、僕の人生の身近に殺人事件が発生するとは思えないだけ」

新田は、せせら笑う顔になった。

「どういう事件なら、上谷さんの人生の身近に起こるの」

「そうだな。びょう……」

上谷は言いかけて、やめた。いまこの場で自分の人生に起きた出来事をふり返りたくはなかった。床に視線を落とし、マグカップを見て、思いついた。

「ＤＮＡの心配をして衣類を持ち去る犯人なら、マグカップや箸も持ち去っていると思うよ。唾液からＤＮＡを採取するほうが、衣類から採取するより成功率が高いにちがいないから」

新田は「あ、そうか」と、素直に上谷の意見を認めた。

「じゃあ、どうして衣類がないのかなあ」

上谷は、くるりと体を半回転させた。狭い部屋だから、それだけでパソコンデスクとむきあっていた。

「これは、うちが貸与している端末だ」

「個人的な用に使っちゃいけないの」

「そう。雇用契約の中にそういう条項を入れてある」

そうは言っても、使おうと思えば使えるわけだが。

「じゃあ、友達のメルアドとかは残っていないんだね」

「契約を破っていなければね」

破っていた可能性は大いにあると思う。この部屋にはテレビなど見当たらない。それなのに、新田とテレビアニメの話ができたということは、ネットで視聴していたからにちがいない。

鍵のかかっていない部屋に端末を置いておく危険性に、上谷は気がついた。講義用の資料などラインティーチング独自のソフトの大半はネットに接続しなければ見られない。だが、それでもいくつかは端末にも装備してある。盗まれたら、痛手だ。

しかし、端末を社に持ち帰ることはできないだろう。いくら自社のものとはいえ、貸与した相手に無断で持ち去ったら、それは窃盗罪になる。

新田が、パソコンデスクの引き出しに手をかけた。上谷はすんでのところでその手を押さえた。

「きみ、新田君、いい加減、人のものを勝手に見ようとするのはやめなさい」

新田は唇を尖らせた。

「だって、中にメモ用紙とかスマホとか入っているかもしれないじゃないですか」

「スマホを見つけてどうするって言うの。中を覗き見る？　とんでもない」

人のスマホを覗き見るのは信書と異なり犯罪ではない。しかし、モラルに反する。

「まず大家さんに連絡しよう」

「警察じゃなく？」

「そう」

不満そうな新田の手をひっぱって、上谷は部屋を出た。大家への連絡先を聞くために、ふたたび二階の亀戸の部屋を訪ねる。その際、新田のジャージの袖をしっかり握りしめていた。

上谷がいない間に能見の部屋に再侵入させないためだ。

亀戸は、少女の袖をつかんでいる上谷を見て珍妙な表情をした。しかし、なにも問わず、アパートを管理している不動産屋の電話番号を教えてくれた。

5

結局、上谷は午後の執務の開始時間どころか講義がはじまる時間までにも帰社できなかった。

能見の部屋で不動産屋を待つこと三十分、現われた不動産屋に施錠を頼んで帰ろうとしたら、不動産屋が居室に照明器具がないと騒いで警察を呼ぶ事態になったのだ。照明器具は部屋に備えつけのものだったという。

施錠していない部屋から誰かが盗んだのだろうか。誰かという中には、能見も含まれる。どう考えても、能見が照明器具を持って行方をくらますとは思えなかったが。

交番から警察官がやってきたころに、窓から陽が差しこみはじめた。すると、床にこぼれていたのはコーヒーばかりでなさそうだということが判明した。つまり、照明器具のあった辺りの床に、血液のような染みが指の先ほど見つかったのである。

　今度は新田が騒いだ。

「やっぱり能見先生の身になにかあったんだよ」

　それで、上谷と新田は、警察官にたいして昨日から能見と連絡がとれていないということを説明し、警察官は室内と血痕のようなものをおざなりに観察した挙げ句、二人を交番に連れて行った。

　そして、二人がいずみ荘で話したことをさらに詳しく聞き取り、書類に書き起こした。新田は、三十分もかけてどんなに心配な状況か切々と訴えたものである。

　そんなこんなで、上谷の帰社は一時三十分をすぎてしまった。人事リーダーの池島史郎が上谷の仕事を引き受けてくれたので、業務上の問題はなかったが。

　その夜は上谷、池島、日渡の三人で会議を開いた。池島は自宅からのオンラインで、上谷と日渡は、上谷の執務室での参加だ。

「すると、能見奈々子は失踪したっていうわけですか」

　池島は眉間に皺をよせ、しかし口調には面白がっている気配をありありと漂わせて言った。

　人事リーダーといっても、池島はまだ二十代だ。十一月に誕生日が来て、やっと三十歳になる。身長が百九十センチ近くあり、体重もあるので押し出しがよく、外見は人事リーダーにぴったりだ。外見通り仕事もできる。もっとも、真面目一方のタイプではない。この世代特有の、なんでもおふざけにしてしまう傾向がある。上谷や日渡の前ではとりつくろっているが、経理リーダーの塩崎優香《しおざきゆうか》は、彼の態度に時折不平を漏らしている。

「失踪なのかどうか、分からないよ。いなくなってまだ一日しか経っていないんだから」

上谷はやんわりと注意した。

「あー……まあ、親類あたりは行方を把握しているかもしれないっすね。うちは彼女の家族関係なんか聞いてないから。アルバイトはみんなそうだけれど」

上谷は重い溜め息をついた。

「雇う時は本人以外の連絡先についても聞いておくべきなんだな」

「うちは、アルバイトにかんしては保証人も必要ないですからね」

「生徒との直接対面がないから、それで充分だと思っていたんだ。まさか、こういうことが起こるなんて思ってもみなかったよ。端末を回収できないなんて」

巡査に回収を打診したが、証拠物件として押収する可能性があるので待ってくれと言われた。事件とも決まっていないのに、証拠物件扱い？　まあ、警察の管理下にあれば、盗難の恐れはない。肝心なのは端末そのものではなく、中に入っているソフトウエアだが、まさか警察官が内容に興味を示したりはしないだろう。ましてや、ラインティーチングのライバル企業に売るなどという真似はしないはずだ。

「貴重なソフトの入った端末の貸与をするんだから、これからはもっと身元を調べなくちゃ、ですね」

池島は言った。副社長相手に諫《いさ》める調子だ。

「住民票は提出させていたよね」

ずっと上谷と池島のやりとりを聞いていた日渡が、口をはさんだ。池島はうなずいた。

「ええ。本籍地つきのを。でも、分かるのは本籍地と住所だけですからね」

上谷ははたと気がついた。

「しかし、前の住所は分かるわけだ」

「引っ越しをしていれば」

「引っ越ししているよ」

不動産屋が、能見が部屋を借りたのは今年の初めだと言っていた。

「アパートの所有者は学生さんむけのアパートにしたいと言っていたんですが、借り手をえり好みしていたら築四分の一世紀の物件が全室埋まるのはむずかしいですからね。この地域に部屋を借りるような学生さんは、金持ちの子息が多いですから」

つまり、彩市にある大学に入る学生は、とにかく大卒の免状があればいいと考えていくらでも金を出せる家庭の子供だ、ということのようだ。もっとも、昨今、そういう家庭も減りつつあるが。

「前の住所を知って、どうするんです」

池島は合点がいかないようだ。

「能見について知っている人が近所にいるかもしれない。そうすれば、なにか彼女の手がかりがつかめると思う」

そもそも能見の部屋自体あまりに荷物が少なく、一時的に住んでいるだけのような、有体に言えば生活感に乏しいものだった。ほかに住まいがあるのではないかと疑ったくらいだ。

「手がかりをつかんで、捜そうって言うんですか」

池島は首をふった。

「端末のことは諦めましょうよ。警察署にあるかぎり、うちのノウハウが流出することもないでしょうし」

「いや。警察署にはないんだよ。事件なら押収して署に持っていかれるけれど、まだ事件かどうかも分からないから、そこまでいっていない。鍵のかかった能見の部屋にあるというだけ」

池島は口笛を吹く口つきをしたが、音は出さなかった。

「不動産屋が盗むかも」

「そんなに人を疑うものじゃないよ。あの資料を開発してからこれまで百人近い講師を雇い、その半数ぐらいはすでに辞めているけれど、資料がほかの塾に流出したケースはないだろう。人はそう簡単に悪事を働かないものだと思うよ。そうでしょう、社長？」

上谷は、池島の手前、いくぶん改まった調子で日渡に賛同を求めた。

しかし、日渡は子供を見守る父親のような表情をしただけで、なにも言わなかった。

一方の池島は、薄ら笑いを頰にチラつかせたが、

「はあ、まあ、そうですね」

言い返さなかった。

日渡が話を進めた。

「警察は、事件かどうかいつどうやって判断するの」

その直後、端末からガシャリというかなり大きく耳障りな音が響いた。鎖かなにかを擦《こす》り合わせたような音だ。

上谷と日渡は、反射的に画面に目を戻した。

画面は、背景写真だけになっていた。隙間なく書籍の並んだ本棚だ。実際に池島の部屋に

こういった本棚があるかどうかは不明だ。上谷も日渡も池島の自宅を訪ねたことはない。マイクも消音になっていた。

こういう形で会議が中断することは滅多にない。

誰かいるのだろうか、と上谷は思った。自宅から参加しているのだから、そういうことがあってもおかしくない。そもそも、就業時間中ネットでつながってさえいれば、誰といようとどこにいようとかまわない体制なのだ。

日渡が平静なので、上谷も無言で池島が戻るのを待った。

三分かそこらで、画面に再び池島の顔が現れた。席をはずしたことの詫《わ》びなどなく、

「で、警察が事件かどうか判断する基準は、どこにあるんですって？」

上谷に返事を催促した。話が中断したのは自分のせいではないとでもいうような、あっけらかんとした態度だ。

「巡査によれば、床にあった赤い染みが血痕だと判明したら、ということみたいだよ。血痕だとしても人血かどうか分からないから、調べるのに数日かかるということだ」

「数日か。それまでに我々がしなければならないことは、能見の代わりの英語講師を探すことだが」

日渡が言った。池島が、その通り、と言うように首を動かすのを横目に見ながら、日渡は

つづけた。

「上谷君は、能見を捜したいんだな？」

上谷は頬が熱くなるのを感じた。日渡は人の気持ちを読むのに長《た》けている。まるでテレパシーの能力でももっているかのようだ。

実際のところ、上谷は日渡に言われるまで、自分が能見を捜したがっているとは認識していなかった。だが、日渡に混沌とした脳内から指でつまみあげたかのようにして提示されると、それが自分の願望だったのだと、俄然自覚した。

「そうだな」

「なんでです」池島がやや苛立った声をあげた。「事件なら警察がなんとかするでしょうし、事件じゃないなら断りもなくいなくなったアルバイトなんか追う義務も必要もありませんよ」

池島の言う通りで、上谷は首をひねった。

「なんでか、よく分からないんだ。でも、放置しておけない気がする」

「磁力」

日渡がつぶやいた。

「え？」

磁力、と日渡ははっきりと口に出して言い、補足した。

「能見には磁力のようなものがあるのかもしれないな。生徒の樋山君や新田さんが能見に執着しているわけだし」

日渡は、上谷から端末に視線を移した。

「俺は能見の面接をしていないからまったく知らないんだけれど、池島君はリアルでも会っているんだろう。どんな人だった？」

「あー」池島は、顎を掌《てのひら》でぽんぽんと叩きながら言った。

「むこうの頼みで夕方、ひどく暗い喫茶店で会ったんですが、暗いということを考慮しても、とても五十間近とは思えない、若々しい体形でしたよ。胸なんかも垂れていなくて。そうそう、ハイネックのTシャツを着ていたけれど、首が長くて半分くらい露出していましてね。顔を上げ下げしても中年のものとも思われないほど張りがあって滑らかでした」

なんて細かい観察なんだ、と上谷が半ば感心していると、日渡が訊き返した。

「面会はむこうが頼んだの、池島君ではなく？」

「いや、ええと、頼んだというのは、時間と場所の指定が能見だったということで、会おうと言ったのは俺です。なんでも日光アレルギーで、昼間は出歩きたくないとか」

「日光アレルギー？」

上谷は愕然となった。

「そんなことはこの間一言も言っていなかったよ、社に来るように指図した時」

「副社長には言えなかったんじゃないですか」

「日光アレルギーを押して外出して、どこかで倒れた？」

日光アレルギーも軽症から重症まである。もし能見が重症の日光アレルギーだとしたら、いまごろ病院で意識不明の重体に陥っているのかもしれない。自分の呼び出しでそんな事態になっていたとしたら、どうしよう。

上谷の脳裏に、臨終間際の姉の顔が蘇った。つづいて、父親や母親の、死を間近にしたころの姿も。父親は出張先のニューヨークで心筋梗塞を起こし、そのまま逝ってしまったため、死に目に会うことすらできなかったが……。

「まあ、落ち着いて。座れよ」

と日渡が言ったので、上谷は自分が思わず立ち上がっていたことに気づいた。

「能見のアパートの学生が、昼間能見が外出先から帰ってくるのを見かけていたんだろう。だったら、そんなに重症の日光アレルギーのわけはないよ。出社しなかったのは、そういう理由じゃない」

まるで上谷の心のうちを読んだようなことを言う。

日渡に言われると、上谷は不思議といつも不安を払拭《ふっしょく》される。

「そうだね」

上谷は椅子に座りなおした。

「話を戻すけど」と、日渡は池島に言った。「能見と実際に会ってみて、ほかになにか感じたり分かったりしたことはある？」

「そうですね」

池島は視線を上下に動かして記憶を精査する様子をしてから、言った。

「まあ、話してみると五十のおばさんですよ。俺の年齢を訊くのに躊躇わなかったり、人前で平気でコンパクトを出して顔をチェックしたり、機械に弱かったり。ま、この機械に弱いということで、リアルで会うことになったわけですが」

機械に弱かったのが会った理由？　Kポップの件を忠告するためではなかったのか？

「世間話はしなかったの」

「まあ、したはずですけど、なにを話したかは覚えていないですね」

「樋山君や新田さんのように強く惹かれる部分は感じられなかった？」

「なかったですね。俺、年上には興味がないんで」

池島は即答した。声に妙に力がこもっていた。

上谷はふと違和感を覚えた。見ず知らずの他人を見る目で池島を眺めた。

池島は京都出身だが、柔和なイメージのある京都弁を使うことはなく、常に歯切れよく標準語をしゃべる。銀色に染めた頭髪は長め。いまはスエットの上下だが、出社する時の身なりはスーツにカラーシャツ、首にネクタイではなくスカーフを結ぶという、流行りのスタイルだ。

上谷が池島にはじめて会った時の第一印象は、犬だった。テリアのような愛玩用ではなく、ドーベルマンのようなこわもてでもない。セントバーナードや秋田犬といった類いの、要するに誠実で実直というイメージだ。ラインティーチングで事務員が必要になった時に上谷が頼ったのは、「学びっこ」というNPO法人の理事長だった。「学びっこ」というのは、経済的に困窮している子供たちへの学習を支援する法人で、上谷は学生時代にそこでボランティアをしていた。つまり、理事長に紹介された池島も、そこでボランティアをしていたのだ。信頼できる人物と思えた。

しかし、女性を品評する癖があったり、女性の経理リーダーに嫌がられることをしたり、そんなに誠実実直な人物なのだろうか、と、いまさらながら思う。考えてみれば、池島の家族関係や生い立ちといったものをまったく掌握していない。もっとも、ラインティーチングの仕事はつつがなくこなしているから、私生活にまで目配りをしなければならない理由はないのだが。

「能見の話はこのへんにして、能見の代わりの講師の選考に入りましょうよ。明日は能見が受け持っている授業がありますよ」

という池島の言葉で、上谷は思い出した。その通りだ。明日はまた樋山悠馬の英語が予定されている。

「まあ、そうしたほうがいいね」と、日渡も池島に賛同した。「池島君、応募者のファイルを画面共有してくれる」

「はい」

画面が応募者リストに切り替わった。

確かに、今夜は能見のことは措いておいて、英語講師の選考に精力をかたむけなければならない。どうせ、こんな時間にできることはないのだから。上谷は応募者リストに集中した。

6

新田真理明は、あることで頭が一杯だった。だから、

「だっこ」

たーくんにそう手を差し出されて、思わずだっこしてしまった。すると、あっという間にほかの子供たちが寄ってきて、彼らの中に埋もれてしまった。

「ちょっと、みんな下りて、重いよ」

そんなことを言っても、子供たちが下りるわけはない。真理明は子供まんじゅうの中のあんこ状態だ。

「あらあら」

という声とともに、子供たちが一人一人ひき剝がされて、真理明はなんとか助け出された。

助けてくれたのは、ベテラン保育士の佐々木だ。

真理明は肩で息をついた。

「ありがとうございます。どうなるかと思いました」

「たーくんにひっかかるなんて」

佐々木は苦笑気味だ。

五歳のたーくんは、外見が幼いくせにガキ大将だ。自分をだっこさせて手下を集まらせ、保育士をあんこにした子供まんじゅうを作るのが、最近のたーくんのマイ・ブーム。大人た

ちはみんな、それにひっかからないように用心していたし、真理明も同様だったのだけれど。

「今日はなんだかぼんやりしているね。なにかあったの」

佐々木は、真理明の顔を覗き込んだ。

真理明は、幼い子と遊ぶのが好きだ。だから、毎日のように近所のこの「星の子保育園」でボランティアをしている。園の保育士からは、保育士になることを勧められている。そして真理明も、ちょっとばかりその気になっている。大学進学を考えはじめたのは、そのせいだ。

でも、昨日今日の真理明の関心事は、保育園児よりも英語講師の能見奈々子だった。

能見が自分に断りもなく消えてしまったのが、どうしても解せない。テレビアニメの「ヒミヤ」つまり「秘密の刃」が次週どうなるか、毎回当てっこをしているのだ。今回の結果は、能見も真理明も完璧なはずれだった。予想の斜め上をいく展開で、会話はおおいに盛り上がるはずだったのだ。それなのに、行方をくらますなんて、ありえない。

今朝も、真理明は早くから上谷に連絡をとった。

「能見先生から、なにか連絡はなかった？」

すると上谷は、あろうことか、次回からは某《なにがし》という人が能見の代わりに真理明の英語を担当すると言ってきたのだ。

「そんな、勝手な。能見先生の時は選ばせてくれたじゃない」

寝起きらしく天然パーマの髪の毛が鳥の巣のようになった上谷は、にこりともせず言い放った。

「選べるほど、新田さんに合う人材はいなかったのでね」

「私に合う人材って、どういうこと。昨日ちょっとリアルで会っただけで、私のことが分かったって言うんですか」

「昨日会ったからではなく、一昨日英語を教えましたからね。よほど能力の高い講師でなければ、新田さんに大学入試のための英語力はつけられない」

真理明は拳を握った。この拳、どこにぶつければいいんだ？　とはいえ、英語にかんして言い返せる言葉はない。それで、切り口を変えた。

「能見先生を捜さないんですか」

上谷はちょっと迷いを見せてから、

「まあ、そうですね。警察がなんとかしてくれるでしょう」

愚かしいことを言ってくれた。

「警察なんか頼りになりませんよ。行方不明者の捜索なんて、真剣にはしないんだから。まして、行方不明者届も出していないんだし」

「新田さんは、警察について詳しいんですか」

「ミステリ漫画にそう書いてありました」

「あ、そう」

上谷は、二十度ばかり首を垂れた。漫画じゃアテにならないね、と態度で表したのかもしれない。

「でも、私たちにできることはなにもないから」

警察と同じくらい頼りにならない奴！　真理明は腹を立てて、直通を切った。

その朝からのもやもやを、真理明はずっと引きずっている。三々五々親たちが迎えに来て子供たちが帰っていくころになると、もやもやは最高潮に達した。日曜日だから、いつもなら最後の一人がいなくなるまで保育園にいつづける。家に帰れば、母親と顔を合わせなければならないからだ。でも今日は、何人もの園児が残っているのに、保育園をあとにした。自転車を駆って、能見のアパート、いずみ荘へむかった。


夕暮れ間近の奇妙に明るい光に包まれたいずみ荘は、ひっそりと静まり返っていた。誰も住んでいないかのようだった。住人たちは全員出かけているのかもしれない。つまり、能見も戻ってきていない、ということか。

それにしても、警察官の一人くらい立っていてもいいのではないか。規制線というのだろうか、あれが張られているとばかり思っていた。だって、床に血の染みがあったのだから。あれっぽっちの血じゃ、事件じゃないと思われた？　それとも、あれは血ではなかったのだろうか。もちろん、血じゃないほうがいいに決まっているけれど……。

でも、照明器具がなくなっているのだ。立派に事件じゃないの？

真理明は建物に近づいた。昨日と同様、能見の部屋の玄関ドアの取っ手をひねった。しかし、今日は押しても引いても開かなかった。

試しにチャイムを鳴らしたが、やはり応答なし。

能見は帰ってきていないのだ。そして、警察か不動産屋が鍵をかけてしまったのだ。

能見先生、私に無断でいなくなっちゃったのか。

すごく悲しい。恨めしさもある。

大人って、結局平気で人を裏切るんだな。

能見先生のことは忘れよう。そう思って後ろをふり返ると、人影が立っていた。

およそ五メートル離れた場所。逆光のせいで顔は定かじゃないけれど、体形からいって男子のようだ。身長は真理明より低いだろう。太っている。中学生というところか。

なぜか真理明をまばたきもせずに見つめている。そう感じる。なんだか不気味だ。

「誰なの」

真理明は口の中でつぶやいた。

人影がゆっくりと動いて、真理明に近づいてきた。

7

今朝も新田に能見捜しをせっつかれた。しかし、上谷は今日は動きようがなかった。日曜日は塾のかきいれ時だ。しかも人手不足で、上谷も国語を二コマ受け持っている。夜の時間帯のコマなら日中動けるが、あいにく午後一時三十分からという、午前も午後も充分な時間を確保できないコマだ。

住民票をもとにした能見の捜索は、明日にまわすしかない。だが、自分がそういう心持ちであることを、上谷は新田に伝えなかった。伝える必要性を感じなかった。わけの分からない失踪事件に受験間近の受講生を巻きこむほど、上谷は浅はかではない。

四時三十分に二コマ目の授業を終え、ほっと一息ついてコーヒーを飲もうとしたところに、日渡から直通が来た。

「樋山君の保護者に直通して」

樋山が誰かを思い出すのに時間はいらなかった。上谷は、頭から水を浴びせられた犬のようにぷるっと体を震わせた。

「なんのために」

「何度も直通がかかってきているんだ。上谷は授業中だと言ったんだけれどね」

樋山には、能見は退職したと伝えてあった。だから、樋山の母親とは縁が切れたと思っていた。

「用件は？」

「知らん」

「上谷はまだ授業中です」

「嘘つくなよ。早くかけてやって」

上谷は不承不承樋山のファイルを開き、直通ラインをクリックした。パソコンの前で待機していたのか、コール一回で樋山泰葉の顔が映し出された。上谷が挨拶する間もなく、泰葉は怒鳴った。

「能見の住所を教えてください」

「は？」

「英語講師の能見奈々子の住んでいる場所ですよ」

「あの、講師の住所は教えない決まりになっています」

「じゃあ、どうして悠馬は能見のところへ行くと言って家を出たんです」

上谷は呆気にとられた。泰葉が顔を真っ赤にして発した言葉が、まるで絵空事に思えた。

昨夜、悠馬には能見の代わりになれそうな講師を三人提示した。そのうちの一人を選んでほしいと申し入れ、悠馬は顔もしかめず承知した。能見の急な退職に驚愕した様子ではあったが、とりたてて能見に執着しているようには見えなかった。

それなのに、能見のところへ行くと言って家を出た？

「息子さんは、本当に能見のところへ行くと言っていたんですか」

「メモにそう残して行ったんです」

泰葉は、画面にむかって一枚の紙をかざした。そこには小学生のような稚拙な文字で、

「能見先生のところへ行ってきます」と書かれてあった。

「明け方、まだ家族が寝ているうちに家を出ていったんですよ」

「しかし、息子さんは能見の住所を知らないはずですよ」

泰葉は上谷を一睨みしてから、はっと明かりがさしたような顔をした。

「能見が教えたんだわ。そして、悠馬を誘ったんだわ」

頭の中を覗いてみたくなるほど突拍子もない想像力の持ち主だ。

上谷は事実を明かすしかないと判断した。

「樋山さん、あまり内部のことを打ち明けたくはないのですが、こういう場合ですから、申します。能見は退職したわけではなく、一昨日から行方不明なのです。能見の住まいに、能見はいません。退職を知らせる前に息子さんが能見のもとへ行くと言って家を出たのならともかく、知らせたあとに出ていった以上、能見に誘われたとは思えません」

泰葉は上谷の言葉を飲み込むのに、やや時間をかけた。それから、困惑げながらも言い返した。

「でも、行方をくらましても連絡はつくでしょう、授業をする時の要領で？」

「能見は当社の端末を、つまりパソコンを持たずにいなくなっています」

泰葉は沈黙した。これで諦めるだろうと思い、

「そういうことなので……」

失礼しますと上谷が通話を終えようとした瞬間、泰葉はぽんと両手を叩いた。

「なんだ。スマホで連絡をとったんだわ。それで、悠馬は能見の居場所を知って、そこへむかったんだわ。能見先生のところへ行くとあったのであって、能見先生のうちに行くとは書

いていなかったもの」

最早、なにをか言わんや、だ。生徒との間でプライベートな電話番号や住所の交換はしないというのが決まりだ。能見が悠馬相手にそれを破ったとも思われない。だが、そう言ったところで泰葉は信じないだろう。

「そうなのかもしれません」上谷は言った。「そうして、そうであれば、私どもラインティーチングにできることはなにもありません。申し訳ありませんが」

これで、ケリがついた、と思ったのだが。

「できることはなにもない、ですって」

泰葉は鼻の穴をふくらませた。画面越しでも分かるくらいだから、よほど大きな鼻の穴なのだろうと、上谷は頭の隅で考えた。

「退職していないのなら、能見はまだおたくの講師でしょう。雇っている講師が、生徒を誘拐したんですよ。おたくの責任大でしょう。私は息子が誘拐されたと警察に届け出るつもりですが、ラインティーチングが誘拐の手助けをしたと告発することにします」

上谷は泰葉の鼻の穴を見つづけた。容易に飲み込めない展開で、反論するのが困難だった。

もちろん、反論はできる。書き置きをして家を出た高校生の息子が誘拐されたなどという泰葉の訴えを、警察が受理するとは思えなかった。家出人としてファイリングされ、そのまま忘れ去られるのが落ちだろう。まして、ラインティーチングに問い合わせの電話が一本でもかかってくるとは思えない。ラインティーチングが得体の知れない宗教団体だとでもいうなら別だが。

泰葉の過剰な想像力は、上谷に或る人物を思い起こさせた。

忘れようと努めて、実際忘れてしまったと思えることもある人物だが。


「あなた、お姉さんを愛していたんでしょう」

と、彼女は言った。よく研《と》いだ鎌のように冷たく鋭利な目をしていた。

彼女の誕生日を祝う、フレンチ・レストランの席上だった。メイン料理が終わり、デザートが運ばれてくる直前のことだった。上谷は、いよいよ彼女に結婚を申し込む時間が迫っていると、心臓の鼓動を速めていたところだった。家族を早くに失った上谷は、自分の家庭をもつのが夢だった。しかし、知り合って一か月かそこらで結婚を申し込むのは図々しすぎるかもしれないと、半年ほどプロポーズを我慢していたのだ。そして、ここまで待てばもういいだろうと、バッグに婚約指輪を忍ばせてきた日に、彼女からそう言われたのだ。

「はい？　いや、もちろん愛していたよ、姉だもの」

「そういう意味じゃないわ」

と、彼女は足の裏を不快にする砂利のような刺々《とげとげ》しさで言った。そこにはいくぶん軽蔑も混じっていたかもしれない。上谷は、彼女が言わんとしていることを理解できなかった。

「じゃあ、どういう意味」

「恥ずかしくてとてもロでは言えないわ」

恥ずかしくてとてもロでは言えない？

「分からないな」

「惚《とぼ》けている」

「ほんとに分からないんだ」

彼女の頬が赤く染まった。

「男女の関係だった、そう言っているのよ」

上谷は想像を絶した返答に、彼女の赤く染まった頬を見つめているしかなかった、いま泰葉の大きく開いた鼻の穴を見ているように。

「あなた、会うたびにお姉さんのことしか言わないじゃない」

彼女は涙目になって言い募った。

「さっきだって、私の髪形を見て、もう少し短いほうが似合うと思うよ、って。もう少し短くしたら、この前見せてもらった写真のお姉さんとそっくりになってしまう」

指摘を受けて、確かに姉の話をよくしている、と上谷は思い至った。

しかし、上谷と姉は五歳違いだった。そして、姉は十八歳で病死した。上谷はその時十三歳だった。姉のことは大好きで、彼女が病気で日に日に弱っていくのをただ見ているしかなかったのは壮絶な苦しみだった。だが、十三歳と十八歳の姉弟間に男女の愛情が生ずるはずはなく、よしんばそういう側面がいくらかあったとしても、成就するわけもなく、彼女の指摘はまったくの的外れだった。というよりも、姉と自分にたいする侮辱に等しかった。

彼女に姉の話をしばしばしたのは、共通の話題が乏しかったからだ。山上憶良《やまのうえのおくら》の貧窮問答歌に端を発する現代の貧困問題や、『更級日記《さらしなにっき》』の作者の源氏物語への執着から説き起こす日本の女性文学にかんする話……等々は、上谷には楽しく興味深い話題であったが、彼女にとってはそうではなかったらしい。上谷がそういう話をはじめると、すぐさま顔に退屈という文字を刻んだ。

はじめて彼女と親しく話をした時、姉が病気で亡くなったことに、彼女はいたく同情してくれた。どんな人だったの、とも聞いてくれた。それまで、姉の話をしても強い関心を示してくれる人はいなかった。彼女以外には、彼女と別れたのちに知り合った日渡だけだった。だから、上谷は、彼女には姉との思い出をたっぷりと話して聞かせた。そうして、姉の写真も見てもらったのだ。パスケースに忍ばせたものだけではなく、スマホに保存した何十枚もの画像、いくつもの動画も含めて。

そのうちに、彼女は、自分が上谷の姉に似ていると言い出した。

そうだろうか？　上谷にはそうは思えなかった。最晩年の姉の写真は十八歳で、薄い色の口紅を塗る以外はなんの化粧もしておらず、一方彼女はその時上谷より五歳年上の二十九歳で、しっかりと化粧していた。化粧をとれば、姉に似ていたのだろうか。しかし、上谷は化粧をとった彼女の顔を充分な光の下で眺めたことがなかった。

「あなたの心の真ん中には、いつもお姉さんが居座っている。私はあなたのお姉さんの代わりでしかないんだわ」

彼女は人差し指で目尻をぬぐった。黒い筋が目尻に尾をひいた。

上谷は反論しなかった。言語の泉が干上がってしまったかのように、なんと言っていいか分からなかった。

上谷の中で急速に彼女にたいする想いが冷めていった。結局、上谷は彼女に指輪を渡さず、その夜以降、彼女と会うことはなかった。姉との関係を侮辱されたことによる怒りがあまりにも大きかった。


「聞いているんですか」

ヒステリックな声が耳を打ち、上谷は現実にひき戻された。

「おたくを告発するって言っているんですよ。なんとか言ったらどうなんです」

「はい、聞いています」上谷は気だるく応えた。「ですが、どう言えばいいんでしょう」

まるで愚鈍な人間に見えるだろうな、と思った。実際、愚鈍な人間なのかもしれない。思いがけない想像力の持ち主に出くわすと、言葉を失ってしまう。これは、自分自身の新たな発見だった。

「能見の行方を自分たちで突きとめるとかなんとか言ったらどうです」

「うちは探偵社じゃないので」

上谷はひどく弱々しい調子で言った。

「でも、能見の保証人とか、そういう人がいるでしょう。その人に当たってみるくらいしてはどうです」

「保証人は求めていないんです」

泰葉は、いかにも驚いたというように目を剝いた。

「おたくはそういういい加減な塾だったんですか」

「いや、決していい加減なわけではなく、生徒とリアルで会うことはないし、担当の教科さえしっかり教えることができれば、それでいいと思っていました」

「いまでもそう思っているんですか」

泰葉は、殺人犯を尋問する刑事のような峻烈さで問いかけた。

「さあ、どうでしょう」

これから社の方針を変えなければならないかもしれないが、それは上谷の一存で決められることではない。

泰葉は聞こえよがしの溜め息をついた。

「どうやら本気で警察に届け出るしかないようですね」

本気で？　じゃあ、いままでの発言は本気ではなかったのか？　この時になって、ようやく上谷の脳細胞が働きだした。

「待ってください」

泰葉が通話を切ってしまいそうだったので、上谷は急いで言った。

「能見を捜す予定ではいるんです」

「そうなんですか。どうやって」

「保証人は求めていませんが、すべての講師に住民票を提出してもらっています。能見の住民票もあります。それに、前の住所が記載されています。そこを訪ねるつもりです」

泰葉は明らかな興味を見せた。

「いつ」

「あー、今日は仕事が残っているので明日にでも」

明日だって仕事はあるのだが。

泰葉は身を乗り出したようだった。顔が画面一杯に広がった。

「前の住所って、都内ですか」

「ええと」

上谷は、ゆうべ調べた能見の住民票を思い起こした。

「千葉県です。本土寺《ほんどでら》市です」

「本土寺市……」

泰葉は、眉間に刻んだ皺をいっそう深くした。どうやら、千葉県の地名は不案内なようだ。もっとも、上谷にしても、本土寺市が千葉県のどの辺りにあるのか知らなかった。

「どうやって行くんですか」

「車で行きます」

カーナビを使えば、頭の中にない場所でも到達できる。

「私」と泰葉は、それが既定の事柄であるかのように一片の迷いも見せず言った。「今日これから、飛行機のチケットが手配でき次第、上京します。あなたのお宅の最寄り駅まで行きますので、そこで私を拾ってください」

「なんですって」

「私も一緒に本土寺市へ行きます」

「ちょっと待っ……」

拒否しようとする上谷の口を、泰葉は威嚇的にふさいだ。

「ラインティーチングを告発するかどうかは、あなたの協力次第です」

上谷は諦めた。告発が受理されるとは思えなかった。しかし、泰葉の要求を聞き入れたほうがあとあと面倒がないような予感がした。

上谷は自宅の最寄り駅（それがラインティーチング本社の最寄り駅であることは明かさなかった）とそこまでの道程を伝え、やっと泰葉から解放された。


「お疲れ」

泰葉との直通を切ると、画面に日渡の顔が映し出された。

「聞いていたの」

「ああ。なかなか壮絶な会話だったね」

上谷は、胸に詰まった溜め息を吐きだした。

「こんなトラブルに巻き込まれるなんて、思ってもみなかったよ」

「いままでうちが恵まれていたのかもしれないな。ほかの塾や予備校ではトラブルはゼロじゃないらしいからね」

「しかし、生徒が家出して、親が塾を告発するなんてことは、ほかのところで起こっていないだろう」

「まあ、聞いたことはないな。特異な講師と特異な生徒と特異な親の化学反応」

と、日渡は微笑した。

どんな時でも、日渡の態度は穏やかだ。縁側で暖かい日差しを浴びているような落ち着きがある。その態度に接しているうちに、上谷の憂鬱も影をひそめてきた。

いつだって、そうだ。日渡はまるで上谷の精神安定剤のようだ。クラシック・コンサートで、名前さえ知らずに隣り合った時からずっと。

あの時、上谷は恋人に姉との関係を邪推され、彼女と行くはずだったコンサートに一人で赴き、そしてショパンのバラード第1番を聴きながらつい涙を流してしまったのだ。それは、姉の大好きなピアノ曲だった。

「明日の仕事は気にしなくていいよ」

日渡はさりげなく言った。上谷がティッシュを忘れて困っていたあの時、無言でハンカチを差し出してくれたのと同じさりげなさだった。

あの時はまごついた上谷も、今回は遠慮なく受け取った。

「悪いね。もしかしたら、樋山さんに何日かふりまわされるかもしれないよ」

「かまわないよ。二人で分担していた仕事を引き受けるだけで、新しいことをしなければならないわけじゃないから」

口で言うほど簡単ではない。受験シーズンを三か月後に控えて、冬期学習のみの生徒を受け入れはじめている。その作業が相当量にのぼる。事務員がもう一人必要だと話し合っていたくらいだ。適当な人材が見つからず、延び延びになっているが。

しかし、上谷は心の中で手を合わせながらもくどくどと礼を言ったりはしなかった。なにしろ、十年来の仲だ。礼を言いすぎると、他人行儀になってしまうし、そうなりたくはなかった。

8

朝の七時半に、上谷はヘルで叩き起こされた。樋山泰葉からの電話だった。最寄りの駅についたという。泰葉は樋山家にある悠馬のパソコンの前を離れたら、ラインティーチング専用の直通ラインを使うことができない。それで、上谷は仕方がなく私用の電話番号を教えたのだった。

三十分の猶予をもらい、身支度を整えて車を出し、駅へむかった。

リモートワークが普及しているとはいえ、まだリアルで勤務するもののほうが多い。駅前は通勤通学の人でごった返し、上谷はなかなか泰葉を見つけることができなかった。いったん近くの駐車場に車を置き、駅に戻った。

ちょうど上り電車が発車して、人出が途絶えたところだった。上谷は駅舎の出入り口にたたずむ中年女性を見つけた。

心細げに周囲に視線を泳がせている。丸顔で小柄だが、中肉だ。髪は短くてウエーブがかかっている。いま着るにはいくぶん厚いように思えるトレンチコートにデイパックを背負い、足元はスニーカーだ。

顔立ちは端末の画面に映っていた樋山泰葉と似ているが、服装や雰囲気は泰葉と異なる。

上谷が迷っていると、彼女のほうが先に上谷を見つけた。三段の階段を、三十段あるかのようにおりて、上谷のそばにやってきた。

「上谷さんですね」

蚊の鳴くような声で言った。

「樋山泰葉さんですか」

彼女は小さくうなずいた。端末の中で居丈高にラインティーチングを告発すると騒いでいた女性と同一人物とは思えないしおらしさだった。

上谷は戸惑いながら、泰葉に名刺を渡した。

「このたびは……」

とまで言ったが、あとがつづかない。こんな状況下にふさわしい言葉をひねりだすのはむずかしい。

泰葉は上谷の名刺を握りしめ、すがるような目をむけてくる。挨拶など不要なようだ。

「車を近くの駐車場に停めてあります。行きましょう」

「はい」

と返事をしただけで、泰葉は上谷のあとに半歩下がって従った。

車には、当然のように助手席のドアをあけて乗り込んだ。そこは、少しだけ端末内の泰葉の積極性を感じさせた。

上谷は車を発進させると、カーナビの電源を入れた。能見の以前の住所はすでに打ち込んである。

「ここからだと順調にいって二時間近くかかります」

目の隅に、泰葉がうなずくのが見える。こちらは運転しているのだから、動作ではなく声で返事をしてほしいものだ、と上谷は思う。

泰葉は内気な性格らしい。直通でのあの押しの強さはなんだったのだろう。ネット越しだと実在する人間と話している実感がなくて態度が変わる人もいる、という記事を読んだことがある。その手の人なのだろうか。

十分ほど、無言のまま走った。車内は、時折カーナビが何十メートル先を左へ、とか、次の信号を右へ、などと指示する音声以外は静謐《せいひつ》と言っていいほどだった。

十分など普通なら短い時間だ。しかし、リアルで顔を合わせたばかりの人と狭い車内で二人きりというのは、時間の進み方がまるで亀になったかのようにのろく感じられた。

そのうちに、上谷は懐かしい匂いが鼻孔をくすぐっていることに気づいた。

オレンジの香りに似たフレッシュな匂いだ。姉が使っていたシャンプーがこんな匂いをさせていた。泰葉は姉と同じシャンプーを使っているのだろうか。

上谷は横目で泰葉を見た。泰葉は緊張した面持ちで、まっすぐ前に視線をむけている。

上谷は、咳払いをひとつしてから口を開いた。

「朝食はおすみですか」

泰葉がまたしても首の動きで返事をしようとしたので、上谷は注意した。

「声で返事をしてくれませんか。僕は前を見て運転していなければならないので」

泰葉の頬が薄く染まった。色白なので、きれいなピンク色だった。二重顎になる前は美人だったかもしれない、と上谷は決して口に出せないことを考えた。

「すみません。まだです」

「どこかで朝食にしますか」

「いえ。食欲がないので、とにかく能見さんのもとの住まいへ」

「そんなにも心配なのですね、悠馬さんのことが」

「はい。大切な預かりものですから」

意外な表現だった。

「預かりもの、ですか？」

「はい。十年治療してやっとできた子供ですので。天からの預かりものだね、とよく主人が申しておりました」

治療というのは、問うまでもなく不妊治療のことだろう。努力してやっとできた子なら大切なのは当然ではあるが、だからといってその子をがんじがらめに縛っていいという理由にはならない、と上谷は心の中で思った。しかし、もちろん口には出さなかった。第一、泰葉が悠馬をがんじがらめにしているのかどうかは分からない。高校生の息子が四十八歳の塾講師に恋をしているのではないか、その講師に誘惑されて家を出たのではないか、そういう突拍子もない想像をする母親だったにしても。

「ご主人はこの件にかんして、どうおっしゃっているんですか」

夫が妻の先走りを抑制してくれるといいのだが、と思いつつ訊いた。

「主人は」と泰葉は、短い間を置いてからつづけた。「亡くなりました、ちょうど十年前に」

上谷は虚を衝かれて、言葉を失った。なんとなく、樋山家はわりと地位の高い会社員の父親と専業主婦の母親と両親から期待されている息子という家族構成だと思い込んでいた。

「失礼しました」

上谷はやや経ってから、気がついて謝罪した。

「いえ。いまは親子ともども夫の両親の家で暮らしています。両親ともに医者で、夫も医者だったし、悠馬には是非とも医大に進んでほしいと思っています。そういう意味でも、悠馬は預かりものなんです」

それは大変だ、と上谷は納得した。その思いをそのまま声に乗せるのは失礼だから、曖昧《あいまい》模糊《もこ》とした首の動かし方をした。判断抜きの了解。

それが伝わったのかどうか、泰葉はいくらかリラックスしたようだった。自分から口を開いた。

「能見さんを雇った理由はなんだったのですか」

「理由ですか。以前、有名予備校の人気講師だったからです。それ以上の理由はいらないでしょう、塾講師になるのに」

「雇う前に英語の試験とかはしないんですか」

「まだ学生の身分ならしますがね。すでに経験のある人に試験をするという手間はかけませんよ」

言ってから、上谷は訊き返した。

「樋山さんは、どうして能見が悠馬さんを誘惑していると思ったんです。能見は樋山さんと同じ年くらいでしょう？」

「私より四つ年下ですね、公称通りなら」

「公称通り？」

上谷はひっかかった。

「能見が年齢を偽っているとでも言うのですか」

泰葉の返答に、いくらか時間がかかった。かかった時間の中に逡巡《しゅんじゅん》が揺れていた。

「私、一度、能見さんに接触したんです、息子のいない時に、息子のパソコンから」

「あー……」

ラインティーチングでは、生徒以外の人物が直接講師に連絡するのは遠慮してもらっている。とはいえ、生徒が使用しているパソコンで回線をつなげば、誰でも直通ラインに接続するのは可能だ。それをするかしないかは、生徒周辺の人々の良識にまかされている。

「画面に映ったのは、能見さんとよく似たとても若く美しい女性でした」

「能見の親族？」

能見は一人暮らしだということだが、たまたま能見と血のつながりのある人物が彼女の家にいたとしても、おかしくはない。

「さあ。その人は、私の顔を見るなり直通を切ってしまいましたから。その後、二、三度かけたんですが、二度と出てくれないどころか、不通になってしまいましたし」

「不通になった？　つまり、ネットの接続を切ってしまったということですか」

「おたくとの直通を不通にする方法がネットの接続を切るということだけなら、そうなんだと思います」

直通を不能にするには、その直通相手のファイルを閉じるという方法もある。だが、ラインティーチングの直通方法に関する知識をもつ者でなければ、それは使えないだろう。

しかし、その女性が自分で勝手にネット自体の接続を切ってしまったとしたら、能見の不興を買うのではないだろうか。逆に、能見がいて、直通を不通にすることを許した、あるいは自分でそれを行ったのだとしたら、謎が生じる。なぜ能見は泰葉との直通を避けたかったのだろう。

上谷は、人事リーダーの池島が数日前に言っていたことを思い出した。池島の直通に出たのがやはり若くて美しい女性で、池島の顔を見るなり直通を切ってしまったということだった。

能見の住まいには、誰か姿を見られたくない女性がいるのだろうか。

いや、いたのだろうか、と言い直さなければならない。能見はおそらく二度とあのアパートには戻ってこないだろうから。それは、姿を見られたくない女性となにか関係があるのだろうか。その答えは、これから訪ねる先で見つけることができるのだろうか。見つけたとして、能見や悠馬の行方が知れるとはかぎらないが。

「その女性が、悠馬さんと能見の関係になんらかの役割を果たしていると思っているのですか」

想像力の豊かな泰葉に訊いてみた。

泰葉は考える様子もなく言ってのけた。

「実は、悠馬を虜《とりこ》にしたのは、その女性なのではないかと思っているんです」

上谷は、思わず泰葉を見た。

「樋山さんは、能見が悠馬さんを誘惑したと言っていませんでしたか」

すぐに前方に視線を戻したが、泰葉の返答はさらに上谷を混乱させた。

「能見さんはきっと、悠馬の英語の授業の合間にその女に会わせていたんだと思うんです。悠馬の心をつかむために」

「あの、どうしてただの塾講師である能見が悠馬さんの心をつかまなければならなかったんです？」

「悠馬が相続するはずの財産を狙っているんだと思います」

上谷は、泰葉に訊ねたことを後悔しながら言った。

「まだ高校生で、しっかりしたお母さんがいて、祖父母もいる少年を、将来の財産目当てで誘惑するというのは、おそろしく遠大な計画ですね」

「そういう計画は、早いうちにたてなければ、成功しません」

泰葉は、太陽は東から出るとでも言うように言い切った。

いったい樋山家の財産というのはどのくらいのものなのだろう。そして、能見は高校生の将来の財産を目当てにしなければならない境遇にあるのだろうか。

上谷の脳裏を、一昨日訪ねた能見の部屋がよぎった。からっぽと言ってもいいような室内だった。能見は徹底的に貧しいのだろうか。そうかもしれないが、だとしたらむしろ、高校生が一人前になって経済的に自立するまで待てないと思うのだが。

その後、二人はあまり言葉を交わさず、本土寺市にむかって走りつづけた。

9

母親が家を出ていく音がする。玄関のドアノブをひねるガチャッという硬い音。それを耳にすると、新田真理明の心はいつだって春の日差しを浴びたみたいにのびやかになる。逆に母親が帰ってきた時にドアを開閉するバシャンという荒い音。それを聞くと、真理明の心はいつだって張りつめた輪ゴムみたいに危うくなる。

七時ちょうど。母親はいつもの時間にガチャッという音を立てて勤め先へむかって出ていった。

真理明は大きく息を吐いた。いつもと同じでよかった。万が一、母親がいつもとちがう行動をとったら、たとえばインフルエンザの流行で学級閉鎖になり、ホームワークになったりしたらどうしようと、気を揉んでいたのだ。母親の学級が閉鎖するなんていう情報は、いまの真理明には得ようがないし、最近インフルエンザの流行が早まっているから、そういうことがあってもちっともおかしくないのだ。

真理明は、パソコンデスクにしがみついている樋山悠馬に声をかけた。

「もう大丈夫。ご飯、食べよう」

悠馬は指で眼鏡のつるを押しあげながら、真理明をふりむいた。

「新田さんもお母さんには苦労させられているんだね」

「そんな言わずもがなの感想はいいから、早く」

真理明は自室を出て、階段を駆けおりるとダイニングキッチンへ行った。悠馬はあとからのたりのたりとついてきた。

昨日、真理明は能見のアパートの前で悠馬と出会った。はじめ、悠馬が能見の生徒だとは知らなかったから、話をする羽目になりたくないと思った。彼は、外見からして真理明がこれっぽっちもお友達になりたくないタイプの少年だった。真理明はスポーツマンタイプの美少年が好きだったけれど、悠馬はどう見ても一日中机にしがみついているガリ勉少年風だった（実際、その通りだった）。だから、アパートの前からできるだけ早く立ち去ろうとした。

しかし、そうする前に、悠馬が声をかけてきた。

「そちらに能見奈々子さんは住んでいますか」

それで、真理明は逃げる代わりに問い返した。

「能見先生の知り合いなんですか？」

「知り合いというか……生徒です」

なんと、自分と同じ立場の人間だったのか。真理明の用心は、危険なほどの素早さで消え去った。

「私も能見先生の生徒だよ」

「あ、そうなんですか」

まだ名乗り合っておらず真理明が少年としか認識していない悠馬も、真理明と同じ心持ちだったようだ。頬をゆるめ、それから畳みかけるようにして尋ねた。

「それで、能見先生はどうして授業をやめてしまったんでしょう。それとも、そちらは受けつづけているんですか」

「ううん。授業の予定だった日に、ラインティーチングにもなんの断りもなく消えてしまったみたい」

悠馬の顔が泣きそうに崩れた。

「なんで……ママのせいなのか？」

独り言だったが、真理明の耳に届いた。能見に教えられている以上高校生だろうに、ママという呼称はちょっと背筋が笑ってしまう。だけど、内心の思いは態度には出さず、真理明は問い詰める口調で訊いた。

「ママのせいって、あなたのママのこと？　あなたのママが能見先生になにかしたの？」

「能見先生が僕を誘惑しているんじゃないかと、塾にクレームをつけたんだ」

真理明は、耳がおかしくなったかと思うくらい面食らった。

「能見先生があなたを誘惑？」

「ママが想像しているだけです。能見先生は僕を誘惑なんかしていません。僕が一方的に好きになっただけで」

「あなた、能見先生が好きなんだ？」

「そちらは好きじゃないんですか」

「好きだけれど……でも、あなたとちがう意味だと思うけれど？　私はさすがに恋じゃないよ」

悠馬の童顔が夕焼けの空を映したように赤くなった。

「僕も恋、かどうかは分からない。でも、なぜか惹かれるんです」

なぜか惹かれる……真理明は納得した。真理明も能見になぜか惹かれるものを感じていた。テレビアニメの話ができるということだけではなくて。

「それにしても、どうして能見先生の家が分かったの」

「そちらこそ」

さっきから「そちら」呼ばわりにひっかかっていた。そこで真理明は名乗った。

「私、新田真理明。あなたは」

「樋山悠馬です。能見先生は新田さんにご自分の住所を教えたんですか」

悠馬の口調にはうっすらと恨めしげな色合いがあった。

「ちがうわよ。ラインティーチングの人に聞いたの。あなたこそ、能見先生から住所を教えてもらったの？」

「いいえ。自力で情報を得たんです」

「自力で？　どうやって？」

悠馬は、眼鏡の奥の目をまるでモールス信号でも送るようにしばたたかせた。真理明は信号など読めなかったけれど、なんとなく察することができた。

「あそこに侵入したの？」

悠馬は無言でうなずいた。

「すごい！」

「わりとセキュリティが甘かったんです、講師の住所や電話番号のファイルにかんしては」

「住所や電話番号以外、なにを見たの？」

「それだけ。住所さえ分かればいいと思ったから。まさかその住所に先生がいないとは思わなかった」

悠馬は悲しげにアパートを眺めまわした。

「札幌からはるばるやってきたのに」

というのは、独り言だったが、当然そばにいた真理明の耳には達した。

「札幌から来たの」

「うん」

道理で、この季節には早すぎる厚手のダウンジャケットを着ているわけだ。

「それでまた札幌に戻るの？」

「どうしよう。このまま帰るのは癪《しゃく》にさわるな」

この場で待機しようとでもいうように、悠馬は101号室のドアによりかかってしゃがみこんだ。

真理明はふと思いついた。悠馬にむけて膝を曲げ、しかし完全には目の位置は合わせずに言った。

「ねえ。ラインティーチングに侵入したら、もっと能見先生の情報がとれない？」

「とれるかもしれない。でも、ラインティーチングのアプリを入れたパソコンを持ってきていないから」

「それならうちにあるよ」

悠馬は真理明を見上げて、しばらく黙っていた。それから、迷いが色濃く出た声で訊いた。

「新田さんの家に行ってもいいということ？」

「そうだよ」

「新田さんの家族におかしく思われない？」

「うちは母一人子一人で家族というものはないけれど、そうだね……」

悠馬を連れていったら、母親はどう思うだろう。どう思おうとかまわないけれど、真理明は母親に会いたくない。

「ハーハが寝静まるまで、マイプレイスに行っていよう」

「マイプレイスって？」

「行けば分かる」

真理明は悠馬に手をさしだした。悠馬はその手には触れずに、立ちあがった。

マイプレイスというのは、真理明の家の近所にある食堂だ。といっても、以前は一主婦が自宅ではじめた子供食堂だった。いまでも貧しい子供たちに無料で夕食を提供しているけれど、半年ほど前、資金集めのために一般むけの食堂をはじめたのだ。九時を過ぎると「準備中」の札が入り口にぶら下がるものの、行き場のない少年少女がそのまま泊まりこむこともある。マイプレイスをはじめたのが真理明の小学校時代の友達の母親だったから、真理明も時折寄せてもらっている。それだけでは悪いので、有料で飲食もするし、忙しい時には無償で手伝いもする。

悠馬を連れてマイプレイスについたのはちょうど夕食時で、無料の子供と一般客で満席状態だった。悠馬一人が座る場所さえなかった。

無料の子は、十数人が座れる長いテーブル席にいる。幼稚園から中学生までの年齢で、真理明には顔馴染みの子ばかりだ。もっとも、馴染みに程度の濃淡はあって、挨拶を交わすだけの子もいれば、いつもおしゃべりに興じる子もいる。ただし、真理明と悠馬がついた時点では、食事がはじまったばかりらしく誰もかれも食べるのに夢中だった。長いテーブルには生のエネルギーが溢れていた。

一般客にしても、大多数がこの界隈《かいわい》の人たちだ。一人暮らしの高齢者で食事を作るのが面倒だとか、あるいは一人ぼっちで食べるのは寂しいとかいった人たちは、ここで子供たちと交わるのが楽しみらしい。おなかが満たされてくると長テーブルと一般席の交歓で、がやがやわいわいと騒がしくなる。たまに一見《いちげん》さんも来て、この食堂の雰囲気に呑まれているけれど、入らなければよかったという顔で出ていく人を見たことがない、少なくとも真理明は。

そんなアットホームな空間なのに、悠馬はなぜだか戸口で立ちすくんでしまったのだった。まるで立ち入り禁止の札でも立っているかのように。

真理明は、悠馬のダウンの袖をひっぱって強引に中へ入れた。厨房へ連れていって、味噌汁を盛りつけているおばさん、武東理恵子に声をかけた。

「こんにちは。なにを手伝ったらいいですか」

「あら、グッドタイミング。これを七番テーブルに運んで」

夕食Bセットのお盆を手にしてこちらをふりむき、武東は悠馬に気づいた。

「あら、新顔さん？」

「一応お客さんです。席があいていないので、手伝わせようかと。悠馬君といいます」

武東はにっこり笑った。色が白く大福みたいにふくよかな顔立ちで、笑うと目がなくなる。

こんな人がお母さんだったらどんなによかっただろうと、武東の笑顔を見るたびに真理明は思う。顔はふくよかだけれど、体はスリムで、それは子供たちのために食材の調達や調理にいつも忙しく立ち働いているせいだろう。

「いいわね。悠馬君、シンクの中からご飯茶碗を選んで洗ってくれる？　使っていないのがなくなりそうなの」

悠馬の眼鏡の奥で、両目が最大限に見開かれた。え、僕が皿洗い？

真理明はお盆を運びながら、ちらっと悠馬をふり返った。できるかな？　不安というよりは、からかう思いが強かった。悠馬が家で家事の手伝いをしているとはとても思えなかった。

七番テーブルに品物を運んで厨房に戻ってくると、悠馬はダウンの袖を肘までたくしあげてシンクの中をかきまわしていた。どうやら、丼とご飯茶碗の見分けに苦戦しているようだった。

「それ、それがご飯茶碗」

悠馬が手にした食器を見て、真理明は声をあげた。悠馬は真理明を横目で見返し、茶碗をスポンジでこすったあと、そのまま武東に手渡そうとした。

真理明はまた声をあげた。

「駄目駄目、洗剤を洗い流して。そのあと、その横のステンレスの籠に入れておけばいいんだよ」

悠馬は、今回は真理明を見もしなかったし返事もしなかった。しかし、指図された通りにした。

悠馬がなにを考え、マイプレイスをどうとらえたか、真理明には分からない。とにかく、黙々と（ただし、ひどく手際悪く）厨房を手伝い、ご褒美にただでご飯を食べさせてもらい、九時に店が「準備中」の札を下げたあとも三時間ばかり真理明とともに店内にいた。店内には複数の子が残っていたので、真理明は彼（女）らと主にヒミヤの話題で盛り上がった。しかし、悠馬はおしゃべりの輪に入ろうとはせず、店の隅でスマホをいじっていた。そのあと寝静まった真理明の自宅へ行き、ずっと真理明のパソコンに張りついていた。

真理明は眠かったけれど、いくらなんでも会ったばかりの高校男子の横で眠りこける気にはなれず、ベッドに座って悠馬の作業を眺めていた。困ったことに悠馬のキーボードを打つ音が子守唄になってしまい、いつの間にか寝入ってしまったけれど。

真理明はダイニングキッチンへ行くと、トーストと牛乳の朝食を二人分、食卓に用意した。

悠馬は、食卓のわきで小首をかしげてその朝食を一瞥《いちべつ》した。なにか文句がある？　と真理明は思ったけれど、悠馬は椅子に座り、いただきますとだけ言って食べはじめた。

「で、ラインティーチングでなにか見つかったの？」

真理明は、悠馬がトーストの一口目を飲みこんだところで訊いた。悠馬は首を左にかたむけ、次にこっくりした。

「住民票があって、前に住んでいた住所と本籍地は分かりました」

「前に住んでいた住所と本籍地……」

それがなにかの役に立つだろうか。

「場所はどこなの」

「千葉県の本土寺市というところです。僕は行ってみるつもりです」

「行ってどうするの」

「もしかしたら、能見先生を知っている人が見つかるかもしれません。その人に能見先生が行きそうなところを教えてもらえるかもしれません」

「知人か。それなら、アパートの周辺にもいるかも」

悠馬は速攻で首をふった。

「住民票によると、先生は昨日のアパートに九か月しか住んでいません。千葉県から埼玉県への引っ越しとなると、期待薄だと思います」

「本土寺市には何年も住んでいたの？」

「そこのところは住民票からは分かりませんが、本籍地も千葉県で、しかも本土寺市の隣の柏葉市《はくよう》なので、昨日まで住んでいた場所より期待がもてます」

「そっか」

真理明はトーストを一口かじり、牛乳で飲み下し、その間に考えて、言った。

「いっそのこと、まっすぐ本籍地に行ったほうがいいんじゃない」

「本籍地に？」

「そうよ。親戚が見つかるかもしれない。それどころか、能見先生本人がいるかもしれない」

悠馬は、なるほどという顔になった。

「そうですね。僕、柏葉市に行ってみます」

「そうと決まったら、さっさと出かけなくちゃ」

「新田さんも行くんですか」

「もちろんよ」

「でも、学校は？」

真理明は、悠馬の顔を覗き込むようにした。

「それを聞きたいのは私のほうだよ。悠馬君、私とちがってちゃんと学校に通っているんじゃないの。休んじゃっていいの？」

悠馬は、まるで秘密の刃を胸に突きつけられたみたいに頬の筋肉をヒクヒクさせた。しかし、それは一秒にも満たない間のことで、すぐに首を左右に動かした。口の中でなにか言った。それは真理明の耳には「レールなんか知るか」と言ったように聞こえた。

もちろんだ。もちろん、悠馬はなにか重いものを抱えている。そうでなければ、別れも言わずにいなくなった塾講師を訪ねて札幌からはるばる上京したりはしない。

「今日一日なら」

と悠馬は、今度は真理明にむけて言った。真理明はうなずいた。

10

上谷の車は、本土寺市内にはなんの問題もなく到着した。しかし、そこから能見の以前の住まいを探すのが一苦労だった。

本土寺市の中心部は、東京近郊のベッドタウンならどこにでもある、とりたてて特徴のない街だった。仮に本土寺市が松戸市や柏市と名づけられていても、気にもしなかっただろう。カーナビが言うには、能見のかつての住まいはそのなんの変哲もない市内の中心部から完全に外れた場所、隣の柏葉市と接した辺りにあるらしかった。

そして、そこに着いてみると、それは集合住宅の大規模な集まり、いわゆる団地だった。広い車道の両側に建つ建物の数は、ざっと見たところ三、四十棟はありそうだった。一棟に四十戸が入っている建物が三、四十棟あるのだ。安部公房の『燃えつきた地図』の舞台が眼前に出現したかのようだった。もっとも、安部の描いた団地は当時の時代の最先端をいくものだっただろうが、ここはどうやらちがっていそうだ。

上谷は団地の入り口に車を停めて、車窓から茫然と建物群を眺めた。

建物はどれも長方形の箱の形をしている。敷地がゆったりしていて、樹木が多いという点では豊かに感じられる。だが、建物は長年ペンキの塗り替えが行われていないらしく、古色《こしょく》蒼然《そうぜん》とした色合いを帯びている。そして、千を超える戸数があるのに、人影が見当たらない。まさか無人の団地ではないだろうが。

「住民票に部屋番号とかって、書いていないんですか」

泰葉の現実的な言葉で、上谷は我に返った。

頭の中で能見の住所を反芻《はんすう》する。「本土寺市麦が原二丁目八番12号棟32」

この32というのが室番号なのだろう。しかし、12号棟をどうやって探せばいいのだろう。集合住宅はともかく、大規模団地に足を踏み入れたことのない上谷には、見当がつかない。

せめて、誰か人が通りかかってくれればいいのだが。

「車に乗っていても、埒《らち》があきません。とにかく中に入ってみましょう」

泰葉が急に積極的になって、車をおりた。歩道をやみくもに進んで行こうとする。

上谷は慌てた。車をどこか所定の場所に駐車させずに歩きまわるわけにはいかない。

「待ってください。車をここに放置して行けないですよ」

泰葉はふり返り、歩道に沿って樹木が等間隔に生えている緑地帯を指さした。

「その辺りに駐車させれば大丈夫ですよ」

いままでおとなしかったのに、ネットで見せていた強引な性格が剝きだしになっている。

本当に大丈夫だろうかと危ぶみながら、上谷は緑地帯に車を乗り入れた。団地が造られた当時に植えられたのであろう、太く丈高い樹木と樹木の間に車を停める。

その辺りの土が硬く、草がまばらにしか生えていないところを見ると、一時的な駐車場として活用されているらしかった。

上谷が駐車している間に、泰葉は歩道の途中で立ちどまり、なにかを熱心に眺めていた。

「なんです？」

上谷は泰葉の背後から覗きこんだ。

建物が表示されたアルミ盤だった。作られた当時は表面がつややかな光を放っていただろうが、いまはところどころ剝げ、朽ち葉が一枚張りつき、長年手入れが怠られていることを告白している。それでも、目指す建物を見つけるのに役立たないことはなかった。

「これ」

泰葉は、案内板の一か所に人差し指を当てた。長方形、つまり建物の形の上に表記された文字は不鮮明だったが、「12」と読めた。

「きっとここだわ」

「そうですね」

「でも、これはどこなんでしょう」

案内図として使うにはかなり不親切な表記だった。真ん中に一本の横線が引かれ、その両側に三段、十数個ずつ長方形が描かれている。「12」の長方形は、そのうちの上側の最上段、左から二番目にある。

横線は、おそらく眼前の広い車道を指すのだろう。しかし、図の上側に当たるのは、この車道のどちら側なのだろう。

上谷は案内板に目を凝らした。汚れが付着して見づらいが、横線のすぐ上に「案内板」と「現在地」という文字が読みとれた。

「いま立っているのが、この図の上側ですね。だから、目の前の建物の裏にある建物のうちの左から二番目に行けばいいんじゃないですか」

上谷はそう見当をつけた。どこかに裏側の建物に行くための枝道があるにちがいない。泰葉を促して、枝道を探しながら歩きはじめた。

間もなく、建物にむかって、舗装されていないが明らかに人の足で踏み固められた、いわば、けもの道が現れた。上谷と泰葉はその道をたどっていった。

道は眼前にあった建物と建物の間を通り、次の建物群にむかっていた。建物の間を抜ける時、泰葉が声をあげた。

「あれ」

建物の上方を指さした。そこに大きく「6」という数字が書かれてあった。

「建物番号だわ、きっと」

「そうですね」

建物は正面に五棟ずつ並んでいるから、6号棟のはすむかいが12号棟にちがいない。思いのほか楽に目的の部屋にたどりつけそうだ。上谷はそう予想し、そしてそれは当たっていた。

五分後に、二人は12号棟にいた。そして、エレベーターがないことを上谷は心の中で、泰葉は声に出してぼやきながら、三階の32号室へむかって階段をのぼっていた。

32号室に能見の親族が住んでいるかもしれない。そんなことを期待していたわけではなかった。試みに32号室のドア横にあった呼び鈴を押してみたが、中から応答はなかった。空き部屋らしかった。

ついで、左隣の31号室の呼び鈴を鳴らした。こちらも応答がなかった。空き部屋なのか、留守にしているだけなのかは判別できない。ドアのわきにビニール傘があったが、久しく使われていないらしく埃をかぶっていた。

上谷は、団地を見た最初の印象通り、無人なのかもしれないという考えに襲われた。それを無意識に声に出して言ったらしく、泰葉が強い調子で打ち消した。

「洗濯物を干しているベランダが何戸かありました。無人のわけはないわ。33号室に行ってみましょう」

言うなり、泰葉は階段をおりていった。

建物には一棟につき階段室が四室あり、それぞれ左右二戸で一室ずつ使用するようになっている。右隣の33号室に行くには、一度こちらの階段室を出て隣の階段室へ行かなければならない。

ただし、泰葉は33号室に行く前に、22号室の呼び鈴を鳴らした。そこのネームプレートには「鈴木」という名前が入っていた。住人がいるということだろう。

これも応答はない。上谷が諦めて階段をおりようとすると、泰葉はもう一度呼び鈴を押した。

「誰」と、男性のものとも女性のものともつかないしゃがれた声が返ってきた。

「上の階の住人のことで伺いたいんですが」

と、泰葉はドア越しに叫んだ。

「あん？」

泰葉は同じ言葉をくり返した。

ガチャンと重い音がして、ドアがゆっくりと開かれた。上谷は奇跡を見る思いでそれを眺めていた。ドアが開かれたといっても、二十センチかそこらの隙間だった。

八十歳か九十歳か、それより上か、ともかく高齢で性別不明の人物がドアの半分ぐらいの高さから顔を覗かせた。

「あんた誰。春子さんの代わり？」

「いえ。私は樋山と申します。上の住人だった人のことで伺いたくて」

「ああ、そう」と、多分鈴木という名字であろう人物は骨ばった首を上下させた。

「中、入って」

大きくドアを開いた。

上谷は当惑した。しかし、泰葉は鈴木の誘いに迷う素振りもなく乗った。それで、上谷も泰葉のあとから鈴木家に入った。鈴木は上谷にたいし「あんた誰」という目をしたが、拒みはしなかった。

鈴木は、灰色のスエットに灰色のズボンという姿だった。右足をかなり強くひきずっていて、両手を補助的に使って歩いている。どうでもいいことではあるが、性別は不明のままだ。

室内の空気には、さまざまな臭いが混じっていた。焼き魚のような臭い、なにかが腐ったような臭い、部屋干しした洗濯物のような臭い、そして鈴木が発している臭い……。

上谷は怯《ひる》んだが、いずれ慣れるだろうと自分に言い聞かせた。

上谷と泰葉は、玄関の突き当たりの部屋へ招き入れられた。それは六畳ほどのダイニングキッチンだった。板敷きの中央に炬燵《こたつ》が据えてあり、鈴木はそこにあった座布団に腰をおろした。

室内は、炬燵のほかにテレビと昔ながらのステレオセット、食器棚、冷蔵庫があって、ほとんど空間がなかった。

「これね」

と鈴木は、炬燵の上に置いてあった紙を、立ったままの泰葉にさしだした。泰葉は腰をかがめて受け取った。

「はい？」

「今日は麻婆豆腐《マーボーどうふ》が食べたいんだ」

と、鈴木は言った。

上谷が紙を覗きこむと、そこには「豚肉のひき肉、豆腐、葱《ねぎ》、トイレットペーパー」と書かれてあった。買い物リストらしい。

「あの、私たち、上の住人のことで訊きたいことがあって伺ったんですが」

上谷は言った。鈴木は耳に両手を当てた。

「なんだって？　量が分からない？　私が二日間食べられるくらいの量と言えば、見当がつくだろう」

「いや、そうではなくて」

「春子さんに聞いていなかったかい？　財布はそこの引き出し」

鈴木は、テレビのわきにある細長い物入れにむかって顎をしゃくった。

上谷も泰葉もさして大きな声は出していない。だから、耳は聞こえているにちがいないのに、なぜ話が通じないのだろう？

いきなり室内にブーッという音が鳴り響いた。鈴木が小さな目を尖らせてつぶやいた。

「今度は誰だい」

それで、上谷はその音が玄関の呼び鈴、昔はブザーと呼ばれていたものの音であることを知った。

「私が出ます」

泰葉が小走りに部屋を出ていった。

すぐに訪問者とともに戻ってきた。

訪問者は、昔ふうのパーマネントをかけた小柄な五、六十歳の女性だった。

春子さんなのだろう、と上谷は思った。しかし、鈴木の第一声は「あんた誰」だった。

女性は動じなかった。柔らかく微笑して言う。

「こんにちは、鈴木さん。川井です。春子さんの代わりにお買い物に行って、おかずを作っているヘルパーですよ」

「ふーん。じゃあ、この人たちは？」

鈴木は、目で上谷と泰葉を順に指した。表情が険しくなっている。

「春子さんの代わりじゃないなら、押し売りかい」

「いえ、とんでもない」

上谷は驚愕して首をふったが、

「出ていけ」

鈴木は、右手をまっすぐにドアへむけて差し出した。猛々《たけだけ》しく、しかし声量のない声で叫んだ。

「あんたらのものを買う金なんかないよ」

頬が真っ赤になっていた。血圧が一挙にあがったのではないか。

仕方がない。

「失礼しました」

上谷は深く一礼した。川井の傍らに固まったように立っている泰葉の肩を押して、ダイニングキッチンを出た。

狭い玄関で譲り合いながら靴をはいていると、川井が廊下に出てきた。

「あの、鈴木さんになにか用があったのでは？」

「あ、いえ。上の階の住人のことで教えていただきたいことがあっただけです」

「ああ、それは無理です」と、川井は言った。「お分かりとは思いますが、鈴木さんは春子さんの世界にしか住んでいないので」

「春子さんって？」

泰葉がただの好奇心からだろう、知る必要もないことを訊いた。

「鈴木さんの息子さんのお嫁さんだった方らしいですよ。息子さんが亡くなったあとは、ずっとその方の世話を受けていたようなのですが、その方も何年か前に亡くなって、それで親戚の方がうちの会社と契約して、私が派遣されるようになったのです。もう二年近く通っていますが、来るたびに私が春子さんの代わりの川井だと説明しなければなりません。鈴木さんにとっては、春子さんのいない世界などありえないほど、春子さんのお世話は痒いところに手が届くものだったのでしょう」

川井は微苦笑しながら説明した。ジャケットのポケットから鍵束を出して、空中で一回転させる。

「こちらの鍵を持っているのに、ブザーを鳴らさないで入っていくと、毎回脅えさせてしまうんですよ」

「大変ですね」

「ええ」

川井は、上谷たちと連れだって鈴木家を出た。玄関の前にさっきはなかった荷物キャリーがあって、川井はそれを手に階段をおりていく。

「重い荷物を持って階段をのぼるのはしんどいでしょうね」

泰葉が同情したように言った。

「ええ。鈴木さんはそんなにたくさん買い物をしないので、助かりますけれど」

「エレベーター、あるといいのに」

「古い建物ですからね。建て替えの話も出ているようですが、なにしろみなさん、お年を召されて建て替えの資金のない方も多いらしくて、話がまとまらないみたいですよ」

「ああ、住人のみなさん、お年なんですね」

「そうなんですよ。私ぐらいの年だと若いほう」

「二年前から鈴木家に通うようになったというと、上の階の人と顔を合わせたこともあるのでは？」

泰葉は、さりげなく自分の関心事に話題を転換した。

「上の階の方？」

「私、三階の住人について知りたいんです」

「ああ。高木さんのお世話をさせていただいたこともありますが、三年くらい前に娘さん夫婦と同居されるようになって、いまは空き部屋なんじゃないかしら。賃貸《ちんがい》ししたいとはおっしゃっていたけれど」

「私が言っているのは、きっと、その部屋を借りた人です」

「誰か借りた人がいるのかしら」

川井は首をかしげた。

すでに三人は一階についていた。川井はどこかスーパーマーケットにむかうのだろうし、上谷たちは隣の階段をのぼって33号室を訪ねる予定だ。もっとも、上谷は川井の話を聞いているうちに、その訪問が無駄足だろうという失望感を抱くようになっていた。33号室の住人もおそらく鈴木とたいして変わらない状態なのではないだろうか。

川井は隣の入り口で頭を下げて行きかけたが、「そういえば」と足をとめた。

「去年の暮れごろ、上の階から見慣れない人がおりてきたのに出会ったことがあります」

「どういう人ですか」

出会っただけでは情報らしい情報は得られないだろうが、上谷は一応訊いた。

「この団地では滅多に見受けられない、若い女性です。珍しいなと思って、覚えていました」

「若い女性ですか。私たちが捜しているのは、四十代後半の女性なんですが」

「ああ。じゃあ、ちがいますね。とても地味ななりをしていたけれど、二十代半ばという感じでしたから」

「地味ななり……」

泰葉が口の中でつぶやいた。糸をひくような粘っこいつぶやきだった。

「あと、言い忘れていましたけれど、住人について知りたいなら、管理事務室にいらしてはどうでしょう。団地にかんし、すべて把握しているはずです」

上谷の脳裏にはすぐさま個人情報保護法が閃いた。なんの権限もない者にたいし、管理人が簡単に住人の情報を開示してくれるだろうか。そう思ったが、泰葉が嬉しそうに訊いた。

「管理事務室って、どこにあるんですか」

「1号棟の一階です」

川井は、建物群の真ん中を貫く道路（幹線道路と言ってもいいかもしれない）の斜め右方向を指さした。

「建物に番号が振ってありますから、上を見て歩けば分かりますよ」

じゃ、私はこれで、と会釈して、川井は幹線道路のほうへ歩み去った。

それを見送ることもなく、泰葉は階段をのぼりはじめた。管理事務室に興味を示していたが、33号室への期待も残っていたようだ。上谷はやれやれと思いながら、泰葉の後ろからついていった。

11

33号室のネームプレートには名字が入っていた。「久利《くり》」

そして、ドア横には、ブザーではなくインターフォンが設置されていた。泰葉がボタンを押すと、数秒で中から元気な声が返ってきた。

「はい。どなた。宅配便は来る予定がないし、なにかのセールスなら、なんであろうと買う気はありませんよ」

「宅配便でもセールスマンでもありません。32号室の住人のことで伺いたいことがあって参りました」

泰葉が丁寧に言った。

「隣の？」

待つほどもなく、カチンと鍵のあく音がして、高齢の人物が姿を現した。年齢も性別もどうでもいいことではあるが、鈴木よりかなり若い、女性と分かる人だった。ふくよかな体格をしていたが、容貌はふくよかというより眉毛も顎も四角張って、きつい性格に見えた。

「高木さんなら、とっくの昔に引っ越していっちゃったわよ。なんで今ごろ？」

「いえ、今年のはじめごろまで住んでいた能見さんについてなんです」

「今年のはじめごろまで住んでいた？」

女性（多分、久利）は軽く首をひねった。それから、かくっと音の出そうなうなずき方をした。

「そういえば、一時期、誰かが住んでいたわね。時たまベランダに洗濯物が干してあった。そのうち、ふと気がついたら洗濯物を干すこともなくなって、引っ越したんだろうと思っていた」

「じゃあ、一度も顔を見ることなく？」

久利は上谷の問いにうなずいてから、突如、饒舌《じょうぜつ》になった。

「そりゃ、使う階段がちがうから、わざわざ引っ越しの挨拶に来るのも面倒だったんだろうけれど、ベランダに出れば顔を合わせることだってあるんだから、ほら、この団地、いまどきのマンションとちがってベランダの間の仕切りが低いでしょ。だから、左右の隣同士、ベランダで見知って、仲良くなったものなのよ。逆に犬猿の仲になる場合もあったけれどさ。だから、そう、思い出したわ。高木さんのあとに一、二年ぶりに誰かが入ったと知った時は、わりと喜んだのよ。またおしゃべりする仲間ができるんじゃないかと思って。まあ、こんなエレベーターもない団地に引っ越してくるんだから、私と話が合うほど年寄りじゃなかったのかもしれない。それならそれで、なにかあった時に頼りにできればいいと思ったんだけれど、顔さえ見ずじまいですもんね。がっかりしちゃった。二人暮らしだったんでしょうに、物音もほとんど聞こえてこなかった。ちょっと妙な人たちではあったわね」

久利が息を継いだところで、上谷は質問をはさんだ。

「二人暮らしだったんですか」

「ええ。男ものと女ものの洗濯物が干してあったから、カップルだったんじゃない」

黒目を一回転させてから、久利はつけ加えた。

「それも少し変だったけれどね」

「変?」

「男ものは、いつも同じものしか干していないように見えたの。下着でも、シャツでも、ズボンでも。女ものは変化があったんだけれどね」

「男性は、たいして多くの衣類を持っていなかったとか?」

妻なのか誰なのか同居の女性に気を配ってもらえなかったのかもしれない、というのが上谷の想像だったが、泰葉の考えは異なるようだった。

「もしかして、男性の衣類はカモフラージュだったのでは?」

久利が待っていましたというようにうなずいた。

「そうかもしれないと、私も思ったことがあるわ。二人で暮らしているには静かすぎたからね」

「カモフラージュって?」

理解ができず、上谷は訊いた。泰葉が説明した。

「女性の一人暮らしだと物騒だから、男性用の洗濯物を干して、二人で暮らしているように見せかけるという」

「ああ……」

しかし、五十歳近い女性がそうまで用心するものだろうか、と上谷はジェンダーの観点からいささか批判を受けそうなことを考えた。考えはそのまま直線のレールに乗るようにして、ひとつの可能性に行きついた。

「能見奈々子は誰かから逃げていたのかもしれない」

泰葉が上谷の顔にハッとしたような一瞥を投げ、久利が唇の片端を曲げた。

「逃げていた！　誰かというのは、あんたたちのことじゃないんだろうね？」

「ちがいますよ」

上谷は即座に否定したが、泰葉は彼女らしいとんでもないことを口走った。

「彼女は私たちからも逃げようとしているのかもしれない、悠馬を連れて」

低い声だったが、久利は耳ざとく聞きつけた。

「誰を連れて？」

「私の息子です。高校二年生なんです。もしかして、能見は少年コレクターなのかもしれないわ。能見が暮らしていた部屋には少年の干からびた遺体が残されていたりして」

上谷は啞然《あぜん》とした。

「それはいくらなんでも、妄想……」

しかし、久利が頰を赤くし、大きく胸を喘《あえ》がせながら、

「もしそんなことだったら、どうしよう。遺体が隣にある場所で何か月も暮らしていたとしたら」

と言ったと思うと、奥に引っこんでいった。上谷と泰葉が訝る間もなく、キーホルダーを手にして戻ってくると、

「さあ、行きましょう」

と、三和土のサンダルをはいた。

「どこへです」

「管理事務室ですよ。隣の部屋を調べてもらわなくちゃ」

上谷は頭を抱えたくなった。だが、泰葉は渡りに船とばかりに久利を追って階段をおりていった。上谷も仕方なくあとにつづいた。

管理事務室は1号棟の一階部分、本来なら11号室があるであろう場所にあった。12号室があるであろう場所には集会室という看板が掲げられている。これだけの戸数がある団地とし

ては手狭なのではないかと思えたが、ここは1号棟から15号棟までの管理を担っていて、16号棟から30号棟までは別に管理事務室があるということだった。

1号棟の管理事務室にいたのは、枯れた木のような体軀《たいく》をした白髪の男性だった。制服の胸のネームプレートには「有馬」とあった。

有馬は管理事務室の窓口の前ではなく、小さなテーブルにむかって、のんびりとお茶を飲んでいた。そこへ、上谷たちは闖入《ちんにゅう》した。

「うちの隣に死体があるかもしれないんですよ」

と、久利が叫びながら。

有馬はむせた。呼吸困難を起こすのではないかと上谷が心配になったほど盛大に。それがようよう治まると、有馬は「なんですって」と、ティッシュで鼻をかみながら訊き返した。

「お隣の、ほら、高木さんのうちだった部屋。そこを借りていた人が死体を残していったかもしれないって言うんですよ、この人たちが」

久利が上谷を指さしたので、上谷は仰天して首をふった。

「そういうことはないと思い……」

泰葉がみなまで言わせず、口をはさんだ。

「ぜひ32号室を確認してください」

「よく分かりませんが」有馬は悲しそうに眉をひそめながら言った。「32号室には入れませんよ。鍵がないので」

「え、鍵を預かっていないの？」

久利が責めるように言った。

「ええ。不動産屋が持っているんです」

「不動産屋って、どこの」

「ほら、いなほ不動産ですよ、買い物広場にある」

「ああ、あそこなら、すぐに人をよこせるわね。有馬さん、いなほに電話して、鍵を持ってこさせてよ」

「人が死んでいるかもしれないから、見に来てくれって？」

有馬はひどく嫌そうな顔をした。管理人がどんな顔をしようと、久利も泰葉も揺るがなかった。

「ほら、早く。私はもう、一分でも長く隣に死体があるかもしれないところに住んでいるのはご免だよ」

久利にせっつかれ、有馬はいなほ不動産に電話をし、十分ほどで行くという言質《げんち》をとりつけた。不動産屋は直接12号棟へ行くというので、上谷たちは12号棟に戻り、建物の入り口で待っていた。

「32号室で誰かが亡くなっているかもしれない、ですって？」

いなほ不動産から駆けつけたのは、若い女性だった。上谷と同じくらいの年齢が若いと言えれば、の話だが。しかし「稲穂です」と名乗ったので、いなほ不動産のただの社員ではないはずだ。稲穂は信じられないという態度をあらわにして、階段を先にのぼっていった。

「そりゃ、黙って消えちゃったけれど、一度部屋は検《あらた》めているんですよ」

「黙って消えちゃったんですか」

上谷は愕然とした。今回と同じではないか。

「ええ。引っ越しから三か月かそこらで賃貸料の銀行振り込みがなくなって、携帯電話も通じなくなって、おかしいなと思って部屋を訪ねたら、もぬけの殻だったんです」

「部屋に荷物は？」

「いくつか残されていました。全然換金性のないものでしたけれど、あとからなにか言ってくるかもしれないと思って、うちで保管してあります。そろそろ処分しようかと思っているけれど」

ちょうどそこで三階についた。稲穂はバッグから鍵束を出して慎重に一本を選《よ》りだし、32

号室の鍵穴に差し込んだ。

稲穂がドアをあけると、室内からわずかに青臭い匂いが流れてきた。

「靴、脱いでください」

と、稲穂は言い、自分も靴を脱いで上がっていった。泰葉、久利とつづき、上谷が最後に入った。

間取りは下の鈴木家と同じだが、二間《ふたま》つづきの部屋の板戸をあけはなち、家具がひとつもないため、鈴木家より広く見えた。ダイニングの板敷きの床を陽光が明るく照らしている。

上谷には、とても遺体がある場所には見えなかった。

泰葉がキッチンの流し台の下についている物入れの扉を開いた。からっぽだった。

「物入れにはなにもありませんってば。全部検めているんですから」

稲穂が憤然と言った。泰葉は意に介さず、つづき部屋に入っていった。

つづき部屋は六畳の和室で、一間の押入れが付随していた。その押入れの板戸は開かれており、中ががらであることは火を見るよりも明らかだった。しかし、泰葉は右側に寄せられていた二枚の板戸を左側に寄せ、完全にからであることを確認すると、中にもぐりこんだ。

足元に張られた板をこつこつと叩いていく。

「なにをしているんです？」

稲穂が眉間に皺をよせて、疲れを帯びた声で訊いた。

「板を剝がした跡がないかどうか試しているんです」

どうやらそんな跡はないみたい、とつぶやいて、泰葉は押入れから出てきた。

「畳の下についてもご説明しましょうか」

稲穂は言った。泰葉が返事をする前に、大きく両手を広げて言葉を継いだ。

「この畳の青さを見ればお分かりと思いますが、畳は能見さんが出て行ったあと、張り替えています。だから、畳の下に遺体がないことは保証できます」

「そうですか」

泰葉は深々と息を吐きだし、それから笑顔になった。

「よかった。これで悠馬の命は安全だと信じられるわ」

これで泰葉の妄想から解放されると思い、上谷も思わず微笑した。稲穂も問題が解決したと思ったらしく、眉間の皺をのばした。

しかし、泰葉のしつこさはまだ翼を畳んでいなかった。

「能見さんの残した荷物というのは、どういうものですか。見せてもらえますか」

「バッグとか洋服の数枚とか」

言ってから、稲穂はきりりと目尻をあげた。

「とんでもありません。人の持ち物を無断で見せるなんて。個人情報保護法に違反しかねません」

「だって、さっき、そろそろ処分したいとおっしゃったじゃないですか。処分するものなら、見せてくれたってかまわないでしょう」

無邪気といっていいような堂々たる口調だ。上谷はたまらず割って入った。

「見てどうするんです」

「バッグの中に、なにか行方を示すものが入っているかもしれないし、能見さんと同居していたかもしれない若い女の正体にかんする手がかりが見つかるかもしれない」

「能見さんは若い女と同居していたんですか。男とではなく？」

久利が目を光らせて訊いた。

稲穂が雑草を鉈《なた》で撫で切りするような勢いで一気に言った。

「能見さんは一人でここに住んでいたはずです。たまに誰かが泊まっていたかどうかは分かりませんが、契約書には一人住まいとありました」

ふと、上谷も質問が胸に湧いてきた。どうしてそんな質問が湧いたのか、分からないが。

上谷は、スマホにダウンロードしておいた能見の写真を開いて稲穂に見せた。

「能見さんというのは、この人ですよね」

稲穂は、しばらく画面を凝視していた。やがて言った。

「一年ほど前に一度会っただけなので、記憶が曖昧なのですが。似てはいるけれど、こんなおばさんだったかしら。もっとずっと若かったと思うけれど」

「まあ、苦労すれば老けるでしょうね」久利が訳知り顔で言った。「私、夫が不治の病にかかったと知って一晩でしわくちゃの老人になった女を知っていますよ」

誰も返事をしなかった。

12

十二時十分に、日渡の受け持つクラス制の数学の授業が終わった。

終了時間が十分ほど遅くなったのは、今日から新しく加わった生徒が活発に質問をしたからだった。その生徒は、三日前に欠員が生じたために入塾した女子だった。入院先からの接続だったが、きらきらと輝く目をしていて、勉強がはじめられるのが本当に嬉しそうだった。

三日前……日渡は、それまで塾生だった男子を思い出す。今回新しく加わった子と同様、入院先からの参加だった。病気が治ったら新薬の開発者になりたい、と頑張っていた。

「数学、得意じゃないけれど、これを克服しなければ理学部に入れないもんね」と、明るく言っていた。

クラスの大多数が不登校児だった中で、病気のせいで正規の学校を休学していた少年がまわりに与えた影響は大きかった。不登校の数人は、一念発起して学校に戻り、ラインティーチングをやめていった。

残った子たちは、彼と個人的に連絡をとりあっていた数人以外は、彼の死を知らない。病気が悪化した一か月前から休んでいたため、その延長だと思っているのだ。授業でも、あえて口にする講師はいない。一方、個人的なつながりで事情を知っている数人は、彼の死以来、塾を休んでいる。

彼らが、人生においていつか必ず遭遇しなければならない悲しみを克服してくれればいいが……新しい塾生が、彼の代わりになってくれるだろうか？

いや、人間に代わりというものはない。一人一人が唯一無二の存在だ。同じように病気でも、同じように不登校でも、一人一人がそれぞれの宇宙を抱えて生きているのだ。だから、彼の代わりになれる人間はいない。ただ、せめて彼が抜けてできた空白を、ちがう輝きで満たしてくれればありがたい……。

日渡のもの思いは、直通の電子音で破られた。

画面に現れたのは、経理リーダーの塩崎優香だった。

「社長、少しお時間をいただけますか」

塩崎はほぼ日渡と同世代だが、ほとんど化粧をしていない。髪を短く刈り込み、装いもシャツブラウスにジーンズといったシンプルなものばかりだ。池島に言わせると「女のカテゴリーに入りませんよ、綺麗な顔立ちなのに、もったいない」女性だ。もっとも、日渡には充分に女性に見えている。フェミニズムの思考をもった女性が、女性でないわけはない。

その塩崎が画面の中で目を怒らせていたから、日渡は厄介事の出来《しゅったい》を予感した。

「どうしました」

「端的に言いますと、池島人事リーダーには我慢できません」

「なにかありましたか」

「彼が、私相手の通話の時は、いつも昭和の流行歌をバックに流している、というのは以前言いましたよね？」

「ええ。あなた好みの女になりたいとか、奴隷になりたいとか、そういうとんでもない歌詞の流行歌ですね。ああいう歌を聴くと塩崎さんは蕁麻疹《じんましん》が出るのでやめてほしいと、池島リーダーには注意しておきました。まだ流しているんですか」

塩崎はうなずいた。

「あの人は、私を、女性を馬鹿にしているんです。でも、今日、さっきはそれに加えて」

塩崎は唇を噛みしめた。口に出すのも腹立たしいといった様子だ。しかし、聞かなければ、ものごとは進まない。日渡は先を促した。

「それに加えて？」

「アダルトビデオを流したまま、私に直通をよこしました」

日渡は束の間、言葉を失った。仕事中に、アダルトビデオ？

「本当ですか」

「本当です。助けて、お願い、というか細い女性の声が聞こえてきて、なんですか、と尋ねたら、あいつ、ビデオを見ていて、と、にやにやしながら言うんです」

「池島リーダーは、アダルトビデオと言ったわけではないんですね」

「ええ」

「助けて、お願い、と言っても、アダルトものとはかぎらないのでは。ほら、アクションものなら、拳銃かなにか突きつけられてそういう科白《せりふ》を言うシーンもあるのじゃ……」

日渡は途中で言葉を切った。塩崎の目がますます怒りを増して、火でも吹きそうな具合になってきたからだ。直接ビデオの声を聞いた塩崎の解釈に、まちがいはないだろう。

「私」と、塩崎は最後通牒《つうちょう》を突きつけるように、というよりも、最後通牒そのものを口にした。

「池島リーダーをとるか、私をとるか、決めていただきたいんです」

日渡は、塩崎の真意を求めて画面を凝視した。実際には、凝視するまでもなくすでに理解していたことだが。

「つまり、池島リーダーを辞めさせなければ塩崎さんが辞める、ということですね」

塩崎は、ゆっくりと確実に首を縦に動かした。

日渡は、溜め息を抑えながら言った。

「分かりました。ですが、いますぐには決められません。今日、上谷副社長が帰ってきてから決定していいですか」

塩崎は皮肉っぽく頰を震わせた。

「池島リーダーは、上谷副社長が連れてきた人材ですものね」

「それもありますが」

日渡は危ぶんだ。塩崎はこの理由を受け入れるだろうか。すぐさま辞表を叩きつけてくるのではないだろうか。なにしろ、有能な女性だ。転職先はいくらでもあるだろう。

日渡は、刀身の上を裸足で歩く思いで言った。

「池島リーダーにも話を聞きたいと思います」

塩崎は、日渡の顔に焼き鏝《ごて》のような視線を当てた。日渡は当てられるままになっていた。

日渡を懸念させるに充分な間をおいてから、塩崎は言った。

「分かりました。今日一日待ちます」

塩崎は一礼して画面から消えた。

日渡は、眼鏡をとって目をこすった。

ひとまずこの場を切り抜けたが、とうてい安堵はできなかった。

勤務時間中にアダルトビデオ……。

ラインティーチングはフレキシブルな働き方を容認している会社ではあるが、それは許容できる自由だろうか？

日渡は、画面上の池島のアイコンをクリックした。

13

　上谷が自宅に帰りついたのは、午後三時すぎだった。疲労困憊《こんぱい》していた。それほど動きまわったわけではない。ただ、泰葉と一緒にいるというだけで疲れたのだ。もしかしたら、悠馬も泰葉といると気が休まらず、逃げ出したかったのかもしれないと思う。

　疲れたからといって、帰宅した以上仕事をしないわけにいかない。

　自室のある離れではなく、職場である母屋へ行った。すると、食堂からひどく食欲をそそる匂いが流れてきた。上谷は今日これまでなにも食べていないことを思い出し、食堂へ行った。

　日渡がガスレンジの前にいた。

「やあ、お帰り」

　ふり返りもせず、言った。

「ただいま。なにを作っているの？」

「匂いで分からないかな」

「クラムチャウダー？」

「正解」

　日渡は時折手の込んだ料理を作る。いや、本人が言うには特に手の込んだものではない。しかし、たいがいはパンかコンビニの弁当もしくはデリバリーですませている上谷からすると、手の込んだ料理に感じられる。時にはそれを上谷やほかの社員にふるまってくれる。今日はどうだろう。

「俺の分もある？」

「もちろん。食べる？」

「今日はじめての食事が日渡センセイの手作りとは嬉しいな」

「食べていないの」

「早く帰りたくて、ドライブインにも寄らなかったよ。おかげで日渡センセイの手料理にありつけた」

日渡は肩で笑い、食器棚の上の電気釜を顎でさした。

「ご飯も炊きあがっているよ。ご飯でいいだろう？」

「ご飯がいい」

上谷は食器棚から茶碗を出し、いそいそとご飯をよそった。

「俺のもたのむよ」

「ああ。夕飯用じゃないのか」

「俺も昼飯を食べる暇がなかったものでね」

「あ、ごめん」

「いや。きみのせいじゃないよ。塩崎さんからちょっと話がもちこまれて……ま、そっちの話はあとにして、食おうぜ」

日渡はクラムチャウダーをスープ皿に盛り、テーブルに運んだ。さらに冷蔵庫からシーザーサラダを盛りつけた皿を取り出し、テーブルに置く。それが二人分あったので、上谷は不思議な気がした。最初から日渡は上谷の分を用意していたのだろうか？

日渡は、たまにテレパシーとか予知能力とか、そういった類いのものがあるのではないかと思わせる言動をする。

上谷は食べはじめると、自分がどれほど空腹だったか思い知った。ものも言わず食べることに集中した。五分ですべての食器を空にした。

「おかわりがあるよ」

日渡は言った。上谷は少し考えてから、首をふった。

「いまはよしておく。コーヒーが飲みたい」

食堂には、多種類のコーヒーを淹れることのできるコーヒーメーカーを備えつけてある。上谷はエスプレッソを淹れてテーブルに戻った。

一口飲むと、多少気分が落ち着いた。それを見計らったように日渡は、「で」と言った。

「能見は見つかったの」

「いや。訪ねた先に住んでいた人物が能見本人かどうかも怪しくなった」

「へえ？」

日渡も食べ終わり、コーヒーメーカーへ行った。アメリカンを淹れながら訊く。

「どうして別人かもしれないと分かったの」

「不動産屋と会ったんだ。能見の写真を見せたら、似てはいるけれどどこんなおばさんだったかしらと、首をひねられた。樋山さんはすぐさま疑ったね、悠馬君のパソコンで垣間見た若い女性だったたんじゃないか、と」

日渡の眉間に浅く縦皺が寄った。

「能見の名前を使って部屋を借りた？　それとも、能見の代わりに部屋を借りる手続きをした？」

「さあ、どうなんだろう。不動産屋は部屋を貸す際、本人の住民票と保証人の署名を取っていると言ったけれど、それはガードが固くて、見せてもらえなかった。樋山さんがずいぶん粘ったんだけれど」

「ふむ。それは、商売人としては大切なことだね」

上谷は肩をすくめた。

「でも、彼女は今回のようになんの連絡もなく部屋からいなくなってしまったんだそうだよ。

夜逃げした店子《たなこ》に義理を通す必要はある？　と、樋山さんは言い張ったよ」

「でも、不動産屋から情報を引き出せなかった。そのあと樋山さんはどうしたの。結局、悠馬君の手がかりは得られなかったわけだろう」

「本土寺市に残った。なんとかして不動産屋を攻略するつもりらしい」

日渡はマグカップに目を注いだ。それが本当にアメリカンだったかどうか確かめているかのような真剣な眼差しをしている。

「能見のあとを追って、悠馬君が見つかるんだろうか」

「さあ、分からないね。とにかく、樋山さんが本土寺市に残ってくれたのは、僥倖《ぎょうこう》だったよ。これ以上、彼女につきあわされたくない」

「しかし、悠馬君は能見を慕って家を出たわけだから、このまま見つからなかったら、ラインティーチングにもいくらか責任が生じるよ」

「ああ、分かっている。明日は本籍の住所を訪ねてみようと思う」

上谷は言ってから、思わず上目遣いになった。

「いいかな？」

日渡は顔に穏やかな笑みを広げた。

「もちろん。誰かがやらなければならないとしたら、上谷がやってくれれば助かる」

上谷は笑みを返して、コーヒーを飲み干した。それから、上谷は思い出した。

「ところで、塩崎さんがなんだって？」

「ああ……」

日渡は、かたんと音を立ててマグカップをテーブルに置いた。自分の溜め息をカップに代行させたかのような、ちょっとした苛立ちが感じられる音だった。

「池島を辞めさせなければ自分が辞めると言うんだ」

思いもかけない話だった。給料をあげてほしいとか、社員の誰かからまわってきた領収書に不審な点があるとか、そういう案件ではないかと思っていたのだ。

「どうして。二人ともうちにとっては貴重な人材だよ。塩崎さんがいなかったら経理がぐちゃぐちゃになるし、池島がいなかったら人事が滞《とどこお》る」

「しかし、塩崎さんにとっては、ラインティーチングの社内事情より、我が心の安寧が大切だろうからね」

「二人の間になにかあったの」

「簡単に言えば、池島がしつこく塩崎さんにセクハラしている」

上谷は口の中で「あいつ、まだやっているのか」とつぶやいてから、いくぶん懇願口調で言った。

「どうも困った性癖だ。でも、昭和の流行歌をBGMで流すくらい、大目にみてやってもらえないものかな」

「今回はそれにアダルトビデオが加わったんだそうだ」

「アダルトビデオ？　塩崎さんに見せようとしたの？」

「いや。声だけだったらしいけれどね。見ている最中にちょうど塩崎さんが直通をかけたということだ」

「それは、池島に確認した話？」

日渡はうなずいた。

「直通して尋ねたら、けっこう驚いた様子のあとで、あっさりと認めた。就業時間中にさすがにそれはどうかと、俺も思うな」

上谷は天井を仰いだ。塩崎でなくても、就業時間中にそんなビデオの声を聞かされたら、怒りを覚えるだろう。

「そういえば、彼は私生活でセクハラ以上のことをしているのかもしれないな」

思い出して言った。日渡は問いかける目つきをした。

「うちで働きはじめたころ、光源氏に憧れていると言ったんだ。大学で国文学を専攻した俺としては話の合う相手かと思って、光源氏のどういうところが？　と尋ねたら、女性にもてるところ、とりわけ幼い女の子を見染めて自分好みの女性に育て上げて結婚したところ、と答えたんで、がっかりして、そこで話を打ち切ったんだけれど」

日渡の口もとに苦笑が閃いたのを横目で見てから、上谷はつづけた。

「二年前だったかな。一緒に行ったバーで、池島が喜々として話したことがある。女性というものは、とくにプライドの高い女性というものは、一度や二度誘ったくらいでは靡《なび》かない。くり返し口説いて自尊心をくすぐって、はじめてこちらをふりむくものだ。そうやって関係に至って終わるのが恋愛というものだ……いや、こんな穏当な言い方ではなかったな。お高くとまった女性を落として振るのが恋愛の醍醐味《だいごみ》だ、って」

「それを池島は実践した、実践しつづけていると言ったのか？」

「ああ。つづきを話そうか？」

日渡の口もとにはもう苦笑などない。もの思わしげに眉根を寄せ、首の動きで上谷を促した。

「去年だったか、俺の見ている前で或る女性を口説き落としたんだ。教科書を執筆した某大学教授の講演後のパーティで、相手はそれに出席していたかなり真面目そうな女性だったけれどね。あとから彼女とどうなったか聞いたら、三か月でやめたと言っていた」

日渡は数秒の沈黙ののちに言った。

「そういうことはちゃんと報告してくれないと」

決して詰《なじ》る口調ではなかったが、上谷は思わず抗弁した。

「だって、プライベートなことだから」

「プライベートといっても、思考的にはセクシャルハラスメントだよ。いつか手痛いまちがいを犯さないともかぎらない」

「まあ、そうだね」

日渡は腕を組み、また数秒沈黙してからつぶやいた。

「あの年齢で、女性蔑視の男がいるとは思わなかった」

「学校では男女平等を教えても、それ以外の場所ではまだいろんな情報が流れているからね。塩崎リーダーを悩ませている昭和の歌謡曲なんか最たるものだ」

「俺はほとんど聴いたことがないけれど、そんなにひどいの？」

「そうだね。俺も詳しいわけじゃないけれど、演歌と呼ばれている分野はとりわけ女性蔑視がひどいらしい。ああいった歌謡曲は全部再生禁止にしてほしいよ」

日渡は真顔で首をふった。

「焚書坑儒《ふんしょこうじゅ》はいけないよ」

「いやいや、なにも音源を破壊しろと言うんじゃないよ。子供たちの耳に触れないように、公の場で流すなと言っているだけ」

日渡はすかさず返した。

「そうして、どこか秘密めいた場所で、隠れて聴く人間を作れ、と？」

上谷も打ち返す瞬発力くらいは持っている。

「学校あたりでじゃんじゃん流して、こういう歌詞に出てくる男になってはいけないと教育したほうがいい、とでも？」

「それもありかもね」

ふと、日渡は日が陰ったかのような憂いを顔に浮かべた。

「人のことはあまり言えない」

「ん？」

「ふり返ってみれば、俺も女性を道具として扱ったことがある」

日渡が過去の自分に言及することは滅多にない。上谷は少なからず戸惑った。この話の流れからすると、日渡はよほど反省しなければならないことを女性にたいして行ったのではないか。そう推測すると、問い返していいものかどうか迷ったが、唇が勝手に動いた。

「遊び道具？」

「遊び道具」と、口の中で噛みしめてから、日渡は言った。「ではない、断じて。でも、もっと悪いかもしれない」

上谷は怖じ気づいた。これ以上、聞くのはやめておこう。そもそも、上谷は日渡の過去をほとんど知らない。十代でアメリカに渡り、東日本大震災を契機に日本に帰ってきた、という大雑把な経歴を知っているだけだ。まして女性関係ともなると、現在つきあっている女性はいないという、目に見える事実しか知らない。

上谷は、話を池島に戻そうと口を開きかけた。しかし、日渡のほうが一呼吸、早かった。

「あとから考えると、彼女の名字がほしかっただけだったんだ」

「名字？」

上谷は思わず訊き返してしまった。これ以上聞くのはやめておこうと思ったばかりなのに。もっとも、日渡の打ち明け話が上谷の想像とはまったくちがっていたことにもよる。彼女の名字がほしいって、どういうことなのだろう。

「日渡は結婚相手の名字なんだ。彼女が亡くなったあとも使わせてもらっている」

「亡くなったの、奥さんも」

「も」という助詞をつけ加えたのは、上谷の脳裏に姉や両親が浮かんだからだ。日渡に結婚歴があり、なおかつその相手が亡くなったことを知って、上谷は驚いた。そして、それが知りあった当初から日渡に親近感を抱いた理由だったのかもしれない……と、これはあとづけで考えたことだった。

日渡はテーブルの天板に両肘を突いて、結んだ手の上に顎を載せた。眼差しは、深く細い思考の谷間へ沈降しているようだった。

「出会った時、彼女は余命いくばくもないと告げられていたんだ。それでも俺は、結婚を迫った。愛しているから、と。でも、本当に愛していたのか。結婚して一年と三日後に彼女が亡くなった時の気持ちを、俺ははっきりと覚えている」

どんな気持ちだったの、とは上谷は問わなかった。しかし、上谷の内心の疑問を察したかのように、日渡はつづけた。

「ホッとしたんだ」

日渡の身体はまちがいなくここ、ラインティーチングの社内の食堂にいた。しかし、その表情は、上谷が窺い知ることもできないどこかにいることを顕わにしていた。

「彼女がいつ亡くなるか不安を抱いていることから解放されたから？　ちがう。死に行く妻を必死で支える夫である芝居から解放されたからだ」

「芝居」

上谷は問うつもりもなく、口の中でつぶやいた。それが日渡の耳に届いたのかどうか、

「そう。芝居だったんだ。葬儀の場で、愛する人を失った喪失感を抱いていない、そう気づ

いた時、俺は自分の本心に気がついた。俺は彼女を愛していたわけではなく、自分の名字を捨てたかっただけなのだ、と。日渡という名字だったから、なお魅かれたのだ、と。それが証拠に、俺は彼女の名字のまま生活をつづけている」

なぜそんなにも自分の名字を捨てたかったのだろう。それに、日渡という名字に魅《ひ》かれた理由はなんだったのだろう。

「日渡には……」

どんな意味があるのか、と上谷が尋ねるより早く、日渡は、

「昔、日のつく名字の人に救われた。その名字の人が親ならどんなによかったかと、ずっと思っていた。もっとも彼は、俺の親になるには相当若くして子供を作らなければならなかったけれど」

自嘲気味の笑みを唇に滲ませて言った。

「俺は、彼女ではなく、日のつく名字に一目惚れしたんだ。そして、彼女が一人娘で結婚相手が日渡を名乗ることを望んでいた事実にも」

日渡は、上谷に答えようとしているわけではないらしかった。過去に心に刻まれた浅からぬ傷を、指でなぞっている表情だった。

だから上谷は、なぜ自分の名字を捨てたかったのかと質問をつづけることができなかった。

そして、日渡も、それ以上上谷の内心の疑問に答えようとはしなかった。両手から顎をあげると、唐突にラインティーチングの食堂に戻ってきた。日渡は眼鏡のつるを押し上げて、

「えーと。なんの話をしていたんだっけ」

と言った。そして、上谷の返事を待つまでもなく自答した。

「そうだ。塩崎さんの訴えだ」

「うん。どうするか、だよ」

池島をとるのか、塩崎をとるのか。それを決めなければならない。

間をおかず、日渡は確固として言い切った。

「俺は、はじめから塩崎さんをとるしかないと思っているよ」

上谷は暗澹《あんたん》たる思いでうなずいた。

日渡の決定に否はない。上谷も塩崎をとるしかないと考えていた。しかし、池島を失ったら、それはそれで厳しいことになる。池島は、女性にたいする意識はともかく、優秀な人事リーダーではあるのだ。しかも、午後一時から十一時まで十時間労働を引き受けてくれている。残業も多い。もちろん、それだけの給料を払っているし、オンライン上での仕事が主だから、就業時間内に私的なこともやっているだろう（アダルトビデオを見たり！）。それでも、今どきそういう条件を飲んでくれる人材を探すのは困難だろう。

14

決断すると、即座に行動に移る。それがラインティーチングの不文社則だ。

日渡はコーヒーを飲み干すと、池島に解雇を言い渡すために社長室へ戻った。そして上谷は、池島の代わりになる人材を探すべく自分の執務室へ行こうとした。

その時、上谷のスマホが電話の着信音を発した。黒電話時代のベルの音、親しくない人物からかかってきた時に鳴る音だ。警鐘的な響きがぴったりだ。

椅子に掛けていたジャケットのポケットからスマホを取り出してみると、画面に「新田真理明」と表示されていた。

上谷は、我知らず渋い顔になってスマホを耳に当てた。

「もしもし」

「あー、もしもし、私、新田です」

「らしいね。どうかした？」

「能見先生と連絡がつきましたか」

「いいや」

「捜していないんですか」

真理明は、頰をふくらませたと分かる声になった。

上谷は面倒だったので、嘘を言った。

「ああ。仕事が忙しくてね」

「ひどいなあ。人ひとりいなくなっているのに」

声の低さからいって、上谷を責めようとしたのではなく、思わず口から出た独白らしかった。だが、意外にも上谷の胸に応えた。確かに人ひとりがいなくなったにもかかわらず日常に気をとられているのは、ひどいことだ。もっとも上谷は、ちゃんと能見の行方を追って千葉県まで遠征したのだけれど。

「だから、報告することはなしということで。じゃ、ね」

上谷は、電話を切ろうとした。

「待って」真理明は勢いよく上谷を押しとどめた。「手を貸してほしいんです」

「なにに?」

「私たち、今日、能見先生の本籍の住所に行ってきました」

「え」

上谷は真理明の言葉の二か所にひっかかった。どうして「私たち」と複数形を使う？　能見の本籍の住所をどうやって知った？

ひっかかった二か所のうち、先に解決しなければならないのは「私たち」だった。

「私たちって、新田さんのほかに誰をひきこんだの」

「あ……」

真理明は、言いよどんだ。上谷は、ある種の予感がした。

「同じく能見先生の崇拝者かな」

「え、ま、そう、ですね」

それから、真理明は心を決めたらしく、白状した。

「どうせ明日会えば分かっちゃうんだから言いますけど、能見先生の生徒の樋山悠馬君という子」

真理明が悠馬とつながっていた！

上谷は、盛大な溜め息をつくのをなんとか堪《こら》えた。真理明と連絡をとってさえいれば、今日、泰葉に引きずりまわされる必要はなかったのだ。

悠馬についてもっと訊き出したかった。だが、下手《へた》に関心を示すと、泰葉の存在を嗅ぎとられ、逃げられてしまうかもしれない。真理明は勘がいいのだ。上谷は逸《はや》る気持ちを押しとどめて、代わりに尋ねた。

「明日会えばって、どういう意味」

「私たちと一緒に、能見先生の本籍地を訪ねてほしいんです」

上谷は絶句した。能見の本籍地を訪ねるのはいい。そうしなければならないと思っていたのだから。しかし、どうして真理明や悠馬と一緒に行かなければならないのだ。それに、どうやって真理明は能見の本籍の住所を知ったのだ。

「もしもし、上谷さん、聞いていますか？」

スマホから焦れたような真理明の声が流れてきた。

「ああ、聞いているよ。ちょっと訊きたいんだけれど、どうやって君は能見先生の本籍地を知ったの」

「あー、えー、私じゃありません。私にはそんな能力はないんで」

「そんな能力？」

「ええと、ラインティーチングの講師のファイルにアクセスする能力。樋山君、すごいんです。痛っ」

悠馬が講師のファイルにアクセスした？　なんということだ。悠馬にそんな能力があるとは思ってもみなかった。それとも、ラインティーチングが契約している情報処理サービス会社の提供するソフトウエアには、とんでもない脆弱性《ぜいじゃくせい》があるのだろうか。

だが、その問題はこの電話を終えてから考えよう。

「痛っと言うのは、樋山君になにかされたのかい。そこに樋山君がいるの？」

「はい、います。蹴飛ばされたんです」

「彼も一緒に本籍地へ行ったんだね？」

「ええ。でも、ティーンエイジャーの私たちじゃ手に負えなくて」

「どういうこと」

「多分そこだと思う場所には大きな家があったんです。大きくて古くて誰も住んでいない感じの家」

「空き家なのか」

それでは、ティーンエイジャーでなくても手に負えそうもない。

「実家かもしれない家には誰も住んでいないわけだね。じゃあ、行っても無駄じゃないの」

「近所の人に様子を訊くことはできます。でも、私たちが訪ねても、門前払いをくわされるだけだと思うんですよ。その点、上谷さんなら、なにか訊きだせるんじゃないかと」

「そんな気弱なことを考えずに、実行してみればよかったじゃない」

短い沈黙のあとに、真理明は言った。

「しましたよ。隣の家のドアフォンを鳴らして、能見さんのことで訊きたいんですけど、って。家の中の人は、モニターで私たちを観察していたみたい。一、二秒経ってから、プチッとドアフォンを切られちゃった。フォンといっても、相手は一言もしゃべらなかったけど」

「ああ、そう」

なぜ隣人は一言もしゃべらずドアフォンを切ったのだろう。真理明がティーンエイジャーだからというのは、理由として成立するだろうか。真理明の外見は、べつだん暴力や詐欺を働きそうではない。あえて言えば、服装に難があるかもしれないが。

もしかしたら、能見家との間にトラブルでもあって、能見家とかかわりのありそうな人間とは接触したくなかったのだろうか？

考えても、答えが見つかるわけではない。

「隣近所、すべてがそういう対応だったの？」

「ううん」真理明は小声で言った。「その一軒を訪ねただけだから」

「ずいぶん早いギヴアップだ」

「人生粘り強くなければ勝てない、なんていうお説教はなし」

真理明は察しよく、ぴしゃりと言った。そして、声に力を込めてつづけた。

「ご近所まわりには絶対に大人が必要なんです」

僕がご近所まわりをするためには、大人と子供の中間の年齢の男女を連れて歩くのはむしろ妨げになると思うのだけれど、という言葉を、上谷は喉もとで抑えこんだ。そう言ってしまっては、悠馬と会えなくなり、ひいては泰葉に悠馬を引き渡して故郷に帰ってもらえなくなるかもしれない。

「分かった」と、上谷は言った。「明日、どこで会えばいいかな」

真理明は「ヤッター」と声をあげてから、堂々と要求した。

「車でうちまで迎えにきてほしいの」

「新田さんのうちまで？」

「電車を使うと、千葉の柏葉市、能見先生の本籍地まで、けっこう交通費がかかるんで」

「なるほど。毒を食らわば皿までだね」

「え、なんて言ったの？」

「いや、なんにも。で、新田さんの家にはどうやって行けばいいの」

真理明は自宅への道順を説明し、七時半という待ち合わせ時間を指定した。七時に母親が勤めに出ていくからだそうだ。

七時半などまだ起床時間ではない、と言いたいところだ。しかし、この件をさっさと終わらせるためには早いほどいいに決まっている。それで、上谷は渋い声にもならず承知した。
だが、考えてみれば、能見の本籍地を訪ねたからといって、この件が終わりになるのだろうか。上谷は、自分が、そして真理明や樋山親子が、なんだかとてつもない徒労を重ねているような気がした。

講師が一人、行方をくらましたくらいで、どうしてこんな厄介な羽目に陥ったのだろう。まったく厄介だ。まるで、たいして大事だと思っていなかった書類を捨てたあとから重要書類だと指摘されてゴミ処理センターまで追いかけていっている気がする。しかし、それはもしかして、とっくに燃やされてしまっているのではないだろうか？　燃やされたというのがあまりに不吉な想像だとしたら、ゴミ処理センターに運ばれる車の中から途中で路上に落ちて見えなくなったと言い換えてもいいが。

その夜の上谷の睡眠時間は短かった。二時間にも達していなかった。池島を解雇することが決まったため、人事関係の雑多な用事に追われたのだ。精力的に端末を操作しても、すべての仕事を完了することはできなかったが。
その短い睡眠の中で、上谷は夢をみた。二十歳前後のころから、疲れ果てて寝入った時に必ずみる夢だった。

まず、上谷は背景のない、灰色の場所に登場する。全身がなにかぞわぞわすると思って辺りを見回すと、一匹の蛇と目が合う。中指ほどの小さな蛇だ。リアルでの上谷は、それほど蛇を苦手としていない。しかし、夢の中では、上谷はそんな小さな蛇に恐怖を抱く。反対方向へむかって逃げ出す。すると、それを合図にしたかのように大小さまざまの蛇が大量に出てきて、上谷を追いかけるのだ。

上谷は走りに走った末、上谷の十倍も二十倍もありそうな巨大な人形にたどりつく。ボータイのついた白いブラウスに紺色のジョーゼットのフレアスカートという、清楚な服を着せられている。顔がはるか上方にあるので、上谷にはその人形の顎しか見えない。下界を見守るようなやさしい表情をしているかもしれないし、取って食おうという恐ろしい表情をしているかもしれない。にもかかわらず、それが救い主であることを、上谷は知っている。助けて、と叫ぶ。

足を投げ出して座っていた人形は、スカートの裾をたくし上げる。空間が現れ、上谷はその空間に走りこむ。すぐさま人形はスカートの裾をおろし、蛇の侵入を防ぐ。上谷は人形の温かな足の間に身を横たえ安堵する。そして、安らかな眠りに落ちる。

その後、夢の中で眠るのとは反対に、現実世界の上谷はたいてい目が覚める。なんだか長風呂に浸かったあとのような、疲れてはいるのだが心地よさを感じる目覚めだ。そして、夢の内容のあらかたを忘れてしまっている。走ったり、温かな場所に身を横たえたりする部分は薄ぼんやりと覚えているが、巨大な人形はまったく記憶に残っていない。

しかし、その日の朝は、夢の途中で覚醒した。目覚まし時計が強引に眠りに割り込んだからだ。上谷は、巨大な人形のスカートの中に逃げ込もうとしているところだった。

人形？　人形のわけはない。ただの人形なら、スカートの裾を持ち上げることはできない。ロボットか、あるいは人間……。

あのスカートに見覚えはないか。紺色のジョーゼットのような薄い布地のフレアスカート。それにブラウスもだ。ボータイのついた白いブラウス。

上谷は、不自然な目覚めのせいで痺れたようになっている脳に問いただした。

降って湧いたように人の形が現れたわけではない。走った末に人の形が見えて、そこに逃げ込んだのだ。近距離では人の形の顎しか見えなくても、遠くからなら容貌がすべて見えていたはずだ。思い出せ。

しかし、上谷の脳はすぐに活発に働きだした。もともと寝起きはいいほうだ。くだくだと夢の内容を考えている暇などない。なんのために目覚まし時計で眠りを中断させたのだ。その時間までに起きなければならない用事があるからだ。それを思い出した。

上谷は急いでベッドから出て、パジャマのまま会社の食堂へ行き、三十分の間にトーストとコーヒーの簡単な朝食をすませ、洗顔と歯磨きをし、離れの自宅に戻って外出着に着替えた。そういう慌ただしい動作の中で、上谷の脳裏から次第に夢が薄れていった。車に乗りカーナビに真理明の家の住所を打ちこんでいるうちに、夢をみたことすら忘れてしまった。

上谷の車は七時三十分ちょうどに新田家の前についた。上谷は車からおりず、真理明と悠馬が中から出てくるのを待った。

真理明の家は、なんの変哲もないこぢんまりした和洋折衷の二階建てだった。屋根の色とかベランダの形とか、仔細に見ると違っているのだろうが、その周辺にある何軒かの住宅とそっくりだった。おそらく同じ業者による建て売り住宅なのだろう。

ただ、新田家には周辺の家と異なる点があった。それは、狭いながらもついている庭がなんの手入れもされていないということだ。ほかの家は、花壇が作られていたり（一軒の家では小菊が咲き乱れ、もう一軒では薔薇が最後の花を咲かせていた）、あるいは庭木が植えられていたりする。芝生が張られている家もある。しかし、新田家の庭は一面、枯れた草で覆われていた。秋とはいえ、まだ草が茶色く萎《しな》びて地面に横たわるには時期が早すぎる。除草剤で枯らしてしまったのだろう。庭を見ながら、上谷は少しだけ登校拒否になった真理明と、その原因を作った母親について思いをめぐらした。

五分ほど待ったが、真理明たちは出てこなかった。上谷は短くクラクションを鳴らした。

真理明と悠馬が中から出てきたのは、それから五分後だった。

「ごめんなさい。ハーハが家から出ていくのがいつもより遅かったんで、朝ご飯を食べ終わるのも遅くなったんだ。食器、片付けなきゃならないし、ね」

後部座席のドアをあけながら、真理明は速射砲のような早口で弁解した。

真理明の服装は先日と同じジャージだったが、帽子はかぶっておらず髪の毛は結わえられずに背中に流れていた。

真理明のあとに、悠馬が車に乗り込んできた。小太りで真理明より若干背が低く、若いような年をとっているような、年齢不詳の雰囲気をまとっている。白いポロシャツを着て、濃紺のダウンジャケットを腰に巻き、ブラウン系の細かな格子柄のパンツをはいている。

この二人が訪ねてきたら、ドアをあけないかもしれない、と上谷は思った。

真理明の隣に座った悠馬は、むっつりと黙りこんでいた。朝の挨拶でもいいからなんとか言ったらどうなんだろうと上谷が思っていると、

「あ、こっちが樋山悠馬君ね」

真理明が紹介した。

バックミラーに、悠馬が小さく頭を下げるのが見えた。その下げ方は、横着だとか礼儀知

らずというふうには見えなかった。傲慢さも感じられなかった。

内気なのか。そういう少年がネット内のガードしているはずの部分に侵入する能力を有しているのか。むしろ内気だからこそ、そういう能力が発達したのかもしれない。

「おはよう、樋山君」

と、上谷は声をかけた。

「おはようございます」

応えた悠馬の声は、変声期がすんでいないかのように金属的で、泰葉の声に似ていた。

上谷は車を発進させた。

これからむかう先には、泰葉がいる。泰葉は、能見が、ひいては悠馬が見つかるかもしれないと、本土寺市に宿をとっていた。上谷はゆうべ、泰葉のスマホにショートメールを送った。悠馬が十一時ごろこれこれの住所に行くはずだから、そこで待っていてほしい、と。実際には十時までには着くと見込んでいたが、能見の本籍地の前に立っている泰葉を見て、悠馬がどんな反応をするか分からない。もし悠馬と泰葉にかかりきりになる事態が生じたら、せっかく能見の本籍地まで行ったのに、なんの調査もできなくなるかもしれない。それを懸念して、時間をずらしたのだ。

メールを読んだ泰葉が興奮して電話をよこすのはまちがいなかった。だから、上谷はあらかじめスマホを機内モードに設定しておいた。いまもそのままだ。

能見の本籍地の様子をもっと詳しく尋ねようと、バックミラー越しに後部座席に視線をむけた。

すると、真理明と悠馬は、お互いの肩に寄りかかるようにして眠っていた。

よほど寝不足なのだろうか、と考えて、上谷はつい今しがた目にしたばかりの新田家の建物を思い起こした。

部屋数の多そうな建物ではなかった。親に隠れて悠馬を泊めている以上、二人はひとつの部屋で寝ているのだろう。悠馬が高校二年生ということを考えれば、そして上谷が高校二年生だったころのことを思い出せば、女性とひとつ部屋で寝るのはあまりにも刺激的なことではないか。悠馬はそれを二晩もしているのだ。二人の間になにもなかったとは断言できない。ラインティーチングは風紀上の問題まで抱えてしまったのだろうか。上谷は憮然としながら、もう一度バックミラーに視線を投げた。

真理明も悠馬も、邪気のない顔で寝息をたてている。まるで姉と弟のような寄り添い方だ。もしかして、そういった関係を構築したのかもしれない。真理明は気風《きっぷ》のいい姉御肌のようだし、悠馬はどう考えてもマザコンだ。

それに、と、上谷は半ば自棄《やけ》になって考えた。二人がたとえ男女の関係に陥っていたとしても、知ったこっちゃない。ラインティーチングは、理数国英社は教えているけれど、道徳を教えているわけではないのだ。

15

上谷の車が千葉県に近づいたころ、新田真理明はふっと目をあけた。

すぐには自分がどこにいるか分からなかった。それから、左の肩がやけに重いと感じた。体全体が揺れているとも感じた。

とたんに、悲鳴をあげそうになった。赤ん坊の自分に戻っていた。

赤ん坊……東北にいて、ガラス戸付きの本棚のそばでミニカーかなにかで遊んでいた時、家が大きく揺れだした。揺らいだ本棚から雪崩《なだれ》のように本が落ちてきた。本は祖父のもので、箱入りの重量のあるものばかりだった。それが、まるでお仕置きのように真理明の左肩を打ちすえ、さらに本棚自体が倒れてきた。

父親が素早く真理明に覆いかぶさってくれた。だから、真理明が本棚の下敷きになることはなかった。けれど、真理明の頬には生温かい液体が滴り落ちてきた。ガラスの破片が突き刺さった父親の首から流れ出た血液だった。

頬に落ちた血液の生温かさも、痛いとも重いともつかない左肩の感触も、鮮明に記憶している。覚えているはずのない記憶、そう母親は決めつけているけれど。だから、というわけではなく、いつもは心の底に封じこめている。それが、いま心の表面に浮かびあがってきた。

それから真理明は、気がついた。自分が上谷の車に乗っていて、左の肩が重いのは、悠馬に寄りかかられているせいだということに。

「ここどこ」

悲鳴をあげるかわりに、そうつぶやいた。運転席に届いたらしい。答えが来た。

「もうじき千葉県に入る」

「もう」

そんなに走ったのか。肩の重みの原因である悠馬の体をドア側に押しやりながら、真理明は車窓のむこうに目をやった。

見知らぬ場所だ。そうはいっても、真理明の住んでいる埼玉のどこそことちがいを見つけるのがむずかしい光景だった。

「ゆうべは眠れなかったの？」

上谷が訊いた。むこう側に押しやった悠馬はまだすやすやと寝息をたてている。

「ゆうべというより、二晩、すごく寝不足。この人が」

と、悠馬を目で指したが、バックミラーを覗いていない上谷には見えなかっただろう。

「パソコンにかじりついていたから」

「パソコンに」

上谷はなぜか、ほんの少し複雑な口調でくり返した。安心したような立腹したような、そんな口調だ。まるで、デパートかどこかで勝手に歩き回って見えなくなった子供を見つけてホッとしたのと同時に、勝手に歩き回ったことには腹を立てた親のような。

「樋山君はパソコンをいじるのが好きなんだね」

「ちがいますよ」

と言ったのは、真理明ではなく、悠馬だった。

「僕が好きなのは、ハードウエアではありません。ソフトウエアです」

瞬間的に、上谷は後部座席をふり返った。びっくりしている顔だった。

それはまあ、びっくりするだろう。一秒前まで眠りこけていた人間がいきなり口を開いたのだから。それも、これまで発した言葉が朝の挨拶だけだったのに、自分の好みにかんするはっきりした宣言だったのだから。

「ほう？」と、上谷は前方に顔を戻しながら言った。「プログラミングなんかも好きなわけ？」

「はい」と、これまたはっきりと悠馬は言った。「僕は物理的存在に興味がないんです。人間になど、触りたくもありません」

人間になど触りたくもない？　よく言うわ。真理明は呆れた。さっきまで人の肩に全体重を乗せて寄りかかっていたくせに。

もっとも、悠馬が真理明の体に触れたのは、今回がはじめてではあった。食事時コーヒーカップを渡そうとして指が触れかけただけでも、悠馬は条件づけられた犬のように手をひっこめた。たとえ指一本でも真理明に触れまいとしているのは、態度で分かった。だから、初日は男子と二人でいることに緊張して眠れなかったけれど、ゆうべはそういう緊張感は消えていた。ただ、悠馬が一晩中パソコンの前にいるので、それが気になっていつまでも眠れなかった。

悠馬が見ているのは、ナルとかいう成長するデジタル生物の画像で、真理明には面白くもなんともなかった。けれど、自分が眠った隙におかしな頁《ページ》に飛んでパソコンを汚すかもしれないと心配だった。だから、目を無理やり見開いているしかなかった。本当はパソコンを貸さなければいいのだけれど、パソコンに悠馬のお守りをさせたいという気持ちもあって、渋々許していたのだ。

　ほんの短い間をおいて、上谷が口を開いた。

「人間などに触りたくもないとしたら、医者になったら大変じゃないの」

　ふわっと、悠馬の口もとが緩んだ。

「そうなんです。僕は医者になんかなりたくないんです。プログラマーになりたいんです。上谷さん、母を説得してくれませんか」

「え、なにを」

「悠馬は医者になるのはむいていないから、ほかの学部に進学させなさい、って」

　上谷の今度の沈黙は、かなり長かった。運転に注意を奪われているかのように、ハンドルにむかって前のめりになり、慎重に右折した。

　高《たか》が学習塾の人間、それも講師ではなく経営者が、生徒の保護者にそんなことを言えないだろうな、と真理明は思った。どう答えるだろうと、ちょっとばかり意地の悪い期待を抱いて待った。

　やがて、上谷は言った。

「そんなに物理的存在に興味がないのに、どうして能見先生に会うために上京してきたの。リアル世界の能見先生と連絡がとれなくなったら、それはそれで仕方がないことだと思わなかった？」

へえ、そういう切り返しをするか、と真理明は思わずニヤリとした。横目で悠馬を見る。悠馬はしかめっ面をしていた。非常にむずかしい数学の問題を前にしているかのように。眼鏡を押し上げてから、言った。

「能見先生は実体なんでしょうか。僕にはよく分かりません」

真理明は唖然とした。能見先生が実体でなければなんだというのだ。ネットの中の仮想の人物？　そりゃあ、そういうこともあるかもしれない。アメリカあたりの学校なら、パンデミックによるオンライン授業が普及して以降、ＡＩを教師にするくらいはしているかもしれない。でも、悠馬が能見先生の実体を疑いながら能見先生の住まいや本籍地を尋ね歩いていたのだとしたら、頭が明後日《あさって》に行きすぎていないだろうか？

こんなのと二晩同じ部屋で過ごしたのかと思うと、ちょっと心が痒くなる。真理明は心の代わりに頭を掻いた。

「実体でなければなんだと思うの」

上谷はクールに訊いた。

悠馬は、真剣に悩んでいる様子で首を左右に動かした。

「ううん。なんて名づければいいのか……アバター……でもないな。シャドー？……」

「シャドー、影？　誰の影かな。もしかして、きみのお母さんの影？」

「えー、樋山君のお母さんって、能見先生に似ているの？」

真理明が素っ頓狂な声をあげると、悠馬は激しく首をふった。

「ちがうよ、全然似ていない。同じ世代なのに、奇妙だ。あんなに考え方も顔もちがうなんて」

「そりゃ、いくら同じ世代でも別人だから、ちがって当たり前じゃない」

「僕、母と同じ世代の人は能見先生くらいしか知らないから、あんなにちがうものかと思ってしまう。あの人がお母さんなら、医者になれとゴリ押しはしないと思う」

「ああ、能見先生、私たちがいやがることは絶対しないものね」

そのまま能見の思い出をしゃべりまくろうとしたら、上谷が話を戻した。

「でも、それだからといって、物理的存在に興味のないきみがはるばる東京まで能見先生に会いに来る理由が分からないな」

その点については、真理明も同感だ。

「そうだよね。なんなの、きみの能見先生への執着は」

恋、なのか？　恋をするには、自分の母親と年が近すぎやしないだろうか。

悠馬は横目で真理明を見た。

「新田さんの能見先生への思いはなんなんです」

え、生意気に、問い返すか？

だが、これは朝飯前に答えられる。真理明は胸を張って断言した。

「友情」

「友情？　三十歳も年が離れているのに？」

「三十歳も年の差があるからといって、友情が芽生えないなんてことはないよ。テレビアニメや世の中にたいするぼやきで、能見先生ほど話の合う人はいないもの」

という自分の理屈が成り立つなら、やっぱり悠馬の能見先生への感情は恋なのか。恋と友情とはちがう気もするけれど。

「能見先生なら」

と悠馬は、車から飛び降りる覚悟をしましたとでもいうような底暗さで言った。

「僕を別世界へ連れていってくれそうな気がして」

「別世界？」

上谷は呑みこめなかったらしいが、真理明はとたんに腑に落ちた。

「要するに、能見先生と一緒に暮らして、今とはちがう人生を送りたい、そういうことだね」

悠馬の頬に血の色がのぼった。真理明の指摘は図星だったらしく、そのまま口をへの字に結んでいる。

黙っているのはラインティーチングの副社長も同じで、こちらは生徒の本音に弱っているようだった。

「樋山君さあ」と、真理明は言った。「別の人生を送るための努力をしたことがある？　つまり、お母さんにちゃんと言ったことがある？　お医者になりたくないって」

真理明自身は、千賀子《ちかこ》（真理明は母親を心の中でそう呼んでいる）に保育士になりたいと打ち明けたことはない。それは、千賀子との間に必要充分な言葉のやりとりがないせいだ。だけど、普通の家庭だったら、親子でいくらかでも会話らしい会話をするのではないかと、ある意味期待をもっていた。

悠馬は、叱られた子供が言い訳するように細々とした声で言い返した。

「そんなこと言えないよ」

「どうして」

「母は、僕を医者にするという目標が、いまの生活を支えていると信じているんだ。医者になりたくないなんて言ったら、ヒステリーを起こすよ」

「だって、黙って家出するよりいいじゃん」

「ヒステリーを起こしたあとは、なんとしても医者になれという説得が待っている。泣いたり、すかしたり、もしかして自殺をほのめかすかもしれない。悠馬が医者になってくれないなら死ぬしかない、ってね。ママは、母はそういう人なんだ」

それはまた、千賀子と変わらないくらい厄介な性格だ。

運転席から久々に声がした。

「おじいさんやおばあさんに話すことはできないの」

悠馬には祖父母がいるのか。これまで悠馬の口からは一言も祖父母についての言及がなかった。どうして上谷は祖父母の存在を知っているのだろうと、真理明は疑問に思った。そういう疑問をもたなかったのか、悠馬は素直に首をふった。

「おじいちゃんは、自分の興した医院を絶対に潰したくないんだ。パパ、父が生きていれば、なんとかなったかもしれないけど……」

そうか、みたいなつぶやきを、上谷は漏らした。

でも、真理明は納得できなかった。この三日二晩の観察によれば、悠馬は思い込みの激しい性格なのだ。

「一度でもおじいちゃんに自分の希望を話したことはあるの？」

「聞かなくても分かっているよ」

いの？」

「じゃあ、おばあちゃんは？　おばあちゃんからおじいちゃんを説得してもらうとかできな
「おばあちゃんもおんなじだよ。世の中で一番大事だったパパが亡くなったあとは、樋山医院が一番大切なんだから」

「ふーん……」

さすがに真理明にもそれ以上押せなかった。大事な息子を失った人が、その次に大事なものとして孫に愛情を寄せるとはかぎらない。それはありえないというより、ありそうなことだ。なぜなら、千賀子がどうやらそういう人間らしいから。

千賀子は災害で夫を失った。その夫との間にできた子供にすべての愛を注ぐのではなく、心がからからに乾いてしまった、雨が一滴も降らない大地のように。夫ではなく娘が死んでいたならば、千賀子ももっと人間らしい性格だったかもしれない。そう考えると、真理明は時折残念だと思う。

「そうかな」

と、上谷が言った。

「それは、樋山君がお母さんにそう思いこまされているだけかもしれないよ。お母さんは、樋山君が医者にならなければおじいさんやおばあさんに顔が立たない。樋山家を出なければ

ならないと信じているから、ずーっとそんなふうに樋山君に吹き込んでいたんじゃないの。そもそも樋山君は、おじいちゃんやおばあちゃんと意思の疎通をしているの」

悠馬は、プレゼントの箱からゲンコツが飛び出してきたかのようにのけぞった。しかし、なにも言わなかった。真理明は怪しんだ。

「上谷さん、どうして樋山君のお母さんがやりそうなことを指摘できるの。会ったこともない人でしょう？」

上谷の肩が緊張したのを、真理明は見逃さなかった。幼児期から千賀子の顔色を読んで暮らしていたので、人の感情の変化には敏感なのだ。

「さて」一呼吸おいて、上谷は言った。「もう千葉県に入ったよ。すぐに、能見先生が以前住んでいた団地のある場所が見えてくると思うよ」

ごまかした、と真理明は感じた。上谷は悠馬の母親にかんして、なにかを隠そうとしている。それが見破られないように、真理明たちの気を逸らそうとしているのだ。

隣で悠馬が唾を飲み込む音がした。

「団地のそばを通るんですか」

悠馬は手もなく気を逸らされている。まったく見かけ通りの子だ、と真理明は心の中で舌打ちをした。

「ナビの示すところによれば、団地を突っ切って行くみたいだね」

これには、真理明もいくらか気を惹かれた。頬が紅潮しているから、悠馬のほうは相当刺激されたようだ。でも、能見先生が前に住んでいた団地を突っ切るのがなんだというのだろう。能見先生のかけらが落ちているわけでもないのに。

上谷は「すぐに」と言ったけれど、車はそれから十五分以上走った。一軒家が建てこみ、その狭間ににょきっと高層のビルが姿を見せる、埼玉県だろうと千葉県だろうと、どう県名をつけてもかまわない地域を通り抜けたあと、不意にわりと見晴らしのいい場所に出た。といっても、それは道路が広くて、周辺に建っている建物が色も形も高さもそろっているという程度の見晴らしのよさである。

「あれ？」

と、悠馬が金属的な声をあげた。

「そう」

「古そうな団地だね」

というのが、真理明の感想だ。

「一九六〇年代に建てられたらしい」

「わあ、前世紀の遺物だ」

「そう。僕もまだ生まれていない。日本が、人口が増えて経済力がぐんぐん伸びて、活力が漲《みなぎ》っていた時代のものだ」

そう言っている間に、車は団地の間の通りに入った。

「先生が住んでいた建物が見える？」

悠馬は訊いた。車の中でなかったらそわそわと歩きまわるのではないかと想像させるような、浮ついた声だ。建物が見えたからといってどうということもないだろうに、と思う程度に真理明は能見に固執していないけれど、悠馬はそうではないみたいだ。いったい恋以外で、こんなに執着する感情ってあるのだろうか？

そう思った瞬間に、真理明は昨年の秋の失恋を思い出した。

相手は、保育園に子供を一時的に送迎していた若者だった。その若者は一週間つづけてその子に付き添ってきた。一週間目のお迎えの際に、真理明は若者に話しかけた。その子をいつも送迎している母親がどうかしたのか気がかりだったからであって、若者と親しくなりたいという下心があったわけではなかった。

「病気なんです」

と、その若者は少し悲しそうに答えた。

言葉を交わしてみると、外見よりずっと若く感じられた。それもそのはずで、当時、彼は真理明より一歳年下の高校一年生だった。高校一年生ではあるけれど、いま隣に座っている高校二年生の悠馬よりはずっとしっかりしていた。それに、魅力的な少年だった。病気なんです、と言った時に伏せた顔が美しかった。真理明は胸をしめつけられる気がしたけれど、あとから思うとそれは子供の母親の身を案じたからではなく、少年の睫毛《まつげ》が頬に落とした青く長い影に魅せられたからだった。

「とても悪いんですか？」

真理明は訊いた。少年は目をあげ、首をふった。

「明日退院します。でも、退院してもまだ二、三日は安静にしていなくちゃならないんです」

「そうなんですか。あなたはそれで、みっちゃんの……」

「え、僕？　僕はこの子のお兄ちゃん」

と、少年は五歳のみっちゃんの両肩に手を置いた。みっちゃんは少年を見上げて嬉しそうに「お兄ちゃん」と言った。二人は微笑み合った。

真理明はこの時まだ少年を二十歳くらいだと思い込んでいたから、十五歳も年の離れた兄妹なのか、と思った。そして、二十歳の息子がいるわりには、みっちゃんを送迎する母親が若く見える、とも。

「ご飯支度とかそういうのは誰がしているんですか」

「僕」

「大変ですね、大学に行きながら」

少年は爽やかに笑った。

「大学じゃなく、高校」

「え？　まだ高校生？　それじゃあ、もっと大変ね」

「まあね。でも、大学に行くつもりはないから。というより、余裕はないから」

「あー……」

真理明は、みっちゃんの家庭の事情を知らなかった。園児の家庭にかんして、保育園のただのボランティアでしかない真理明にはほとんど知らされることはないのだ。

みっちゃんと少年の父親はみっちゃんが生まれて間もなく亡くなり、しかもみっちゃんと少年は母親ちがいで、つまり少年が言う母親という人は少年と血のつながりがないのだった。

そういうことは、あとから知った。

「お母さんの体がよくなるまで、私がみっちゃんを送り迎えしようか？」

そう真理明は申し出た。高校生の少年がみっちゃんを朝保育園まで連れてきていたら、授業に間に合わないのではないかと考えたからだ。

「え、いいの？」
少年は目を輝かせた。それで、その後五日間、真理明が朝みっちゃんを迎えにいき、夕方家に連れていくということをした。もちろん、真理明もまだ高校生だけれど、高校に行ったのはこの時点で三日間だけだったし（現在は四日間に増えている）、少年は真理明の通学について気にしたりはしなかった。真理明が高校生だということを、彼は最後まで知らなかった。

ともあれ、みっちゃんを送迎する五日の間に、真理明はひとつ年下の少年に恋をした。なぜそんな感情が芽生えたのかは分からない。真理明はもともと年下の男子に魅力を感じたことなどなかったのだから。それをいえば、恋そのものをしたことがなかったのだから。でも、人間の心なんてそんなものだ。理屈や経験で感情を制御できたら、世の中はもっと単純明快に動いただろう。

送迎が終了したその日に、真理明は日曜日に少年とデートをする約束をとりつけた。デートといっても、みっちゃんを連れて埼玉県内の市で行われる有名なお祭りに行くだけの話だった。母親が仕事をかけもちしているため、みっちゃんがどこかに遊びに連れて行ってもらえることは稀《まれ》だった。だから、少年もふたつ返事で承知したのだろうと、いまから考えるとそう思う。

お祭りで、三人は何台かの山車《だし》を見、チョコレートバナナを食べ、ヨーヨー掬いをし、ラムネを飲んだ。その間、主な話題といえば、みっちゃんの母親のことだった。彼女がどんなにいい人なのかということを、少年はいろんな事例を挙げて、まるで一本の木に鑿《のみ》を当てて人形《ひとがた》に仕上げていくようにして語ったのだ。

彼女の話をする時、少年の目は熱っぽかった。多分、真理明が少年について誰かに語ればそんな熱い目になるだろうというふうに。夫の死後、十五歳しか違わないなさぬ仲の子供を、追い出すこともなく懸命に育てている母親に、少年は恋をしているのだった。それが、真理明には痛いほど伝わってきた。それで、真理明の初恋はあっさりと終わった。あっさりととはいっても、真理明の心はすごく長い間少年のことを思いつづけたし、保育園にみっちゃんを送迎する彼らの母親と顔を合わせるたびに、きりきりと胸が痛んだのだけれど。

この初恋について、真理明は能見に話したことがあった。それを、連想ゲームのように思い出した。

能見は、真理明の短く終わった恋物語を静かに聞いていた。そして、真理明が口を閉ざすとにっこりと笑って言った。

「新田さんは大人の観察眼をもっているのね」

「そうかな」

「そうよ。相手が誰を好きか、目の熱っぽさだけで分かるなんて、たいしたものよ。私なんか、この年になってもまだ駄目。しょっちゅう間違いをしでかすわ」

「そうかな」

と、真理明はくり返した。

「そうよ。新田さんは、自信をもっていいわ。まだ高校三年生でそれですもん。あ、高校二年の時のお話か。もっとすごいよね。社会に出たら、いいお仕事ができるにちがいないわ」

真理明はそれまで大人から褒められたことがなかった。真理明とろくすっぽ顔を合わせない母親はもちろんのこと、ボランティアをしている保育園でも、保育士たちから「助かるわ」とは言われても、たとえば「子供をあやすのが上手だね」とか「よく気がつくね」といった褒め言葉をもらうことはなかった。だから、能見から褒められて頭がぼーっとなるほど嬉しかった。

そうだ。能見先生は、自分をはじめて認めてくれた人なのだ。だから、まるで話の途中でぷっつり通信が切断されたかのような別れ方をしたくないのだ。

「柏葉市に入ったよ」

上谷の声で、真理明は現実に戻った。

真理明は運転席に身を乗り出して、食い入るように前方を見つめた。

16

本土寺市の団地から柏葉市内に入ると、そこは一戸建ての住宅街だった。本土寺市との境界線上に「ここから柏葉市」などという標識はなかった。カーナビが柏葉市という文字を表示しなければ、上谷はまだ本土寺市内を走行していると思い込んでいただろう。

住宅街にはどことなく統一感があった。もしかしたら、大手のデベロッパーが大規模に開発した地区なのかもしれない。ところどころに比較的新しい建物はあったが、二、三十年は風雪に耐えているという趣の家が大多数だった。団地ほどではないが、ここも滅多に人の姿は見当たらず、森閑としていた。

しかし、この付近は能見の本籍地ではない。カーナビによれば、この住宅街の隣の町内である。

隣なのだから、簡単に行けると思っていた。しかし、カーナビはいったん別の町内に入り、そこから半周する図を描いている。カーナビがおかしいのかと疑っていたが、走るにつれ、理由が分かった。この住宅街は盆地に作られていて、能見の本籍地はそれより一段高い地域にあった。そして、そこへ行く近道である急勾配の坂には車が通行できる道路はついていないのだった。

上谷は、カーナビの仰せにしたがい、隣の町内を通り、そこから能見の本籍地である北山町に入った。


北山町もまた、古びた住宅街だった。しかし、隣町とは異なり、統一感のある街並みではなかった。軒を接するように建っている細長い家もあれば、敷地が上谷の住まいと同じくらい広い家もある。アパートも多く、そのいくつかは周辺の住宅よりも明らかに新しかった。もとの所有者が手放した土地に建てられたか、それとも所有者が利殖のために自ら建てたものにちがいなかった。

やがて、能見の本籍地の住所に到着した、とカーナビが伝えた。

上谷は時計を一瞥した。十時を数分すぎたところだった。概ね予定通りだ。

「ここ？」

上谷は、カーナビを信用していないわけではないが、昨日一度訪れている後部座席の二人に訊いた。

「ここ」

と、真理明が答え、悠馬は早くも車のドアノブに手をかけた。しかし、上谷はすぐにはロックを解除せず、能見の本籍地を観察した。

敷地は、高さ一メートルほどの鉄製の黒いフェンスで囲まれている。門柱は石の小端積《こばづ》みで、「能見幸彦《ゆきひこ》」という表札が貼りつけられている。幸彦というのは、能見のなんなのだろう。門扉はフェンスと同じ鉄製の両開き式。さしわたし二メートルといったところか。人も通るし、車も通る。

しかし、敷地内に車庫らしき建造物は見当たらない。能見家に運転する人はいなかったのだろうか。

数台の車を置くために前庭をすっかりコンクリートで固めてしまったラインティーチングの社屋と異なり、能見家の庭は広々としている。もっとも、現在は雑草で埋めつくされていて、見目麗しいとは言えないが。

ただ、庭の真ん中あたりに立つ蔓薔薇をからめたアーチは健在だ。ほとんどの花は色褪せていたが、中には今朝咲いたばかりとおぼしい瑞々しい色のものもあった。

家屋は重厚な洋風建築だ。総二階で、緑色の瓦に覆われた切妻屋根は深く傾斜している。屋根の上には細い煙突が突き出ているから、もしかしたら暖炉があるのかもしれない。

築後五、六十年は経っているのではないだろうか。長い年月を過ごした風格が感じられる。ただ、建っている位置が若干おかしい。敷地の右側に偏っているのだ。

右隣の家との境は二メートルあるかなしかだ。その右隣は、さらに右隣の家と軒を接するようにして建っている。二軒の家屋は、屋根と壁の色が異なるだけで、瓜二つだ。南北に細長い敷地はかなり狭く、その狭さをカバーするためか、三階建てになっている。一階がガレージで、二階三階が住居部分のようだ。それら二軒の敷地の間口を合わせると、能見家の家屋の左端から左隣の家の敷地までの幅とほぼ等しくなる。

思うに、能見家は右側二軒の家まであった敷地を手放したのではないだろうか。上谷の両親が、先祖伝来の土地を切り売りしたように。あるいは、土地を手放したわけではなく、二軒の家は能見家の持ち物だということも考えられる。敷地内に借家を作ったのだ。

隣家と能見家がどういう関係か、車の中で想像していても仕方がない。

「昨日、あなたたちが訪ねたのはどっち？」

「私たちが訪ねたのは、あっち」

真理明は後方、つまり左方向を指さした。

そちらの家は、能見家と遜色《そんしょく》のない敷地を誇っている。

「なんで左側の家を選んだの」

「二階の窓に人影があったから。こっちを見ているような気がしたの。隣近所を見張っている暇人がいるんだろうと思って」

「なるほど。そして、その暇人のお眼鏡に、新田さんたちはかなわなかった」

「ま、そういうことだろうね」

窓から近隣を絶えず眺めている人なら、いろいろなものを目にしているだろう。情報を得るための相手としては申し分ないかもしれない。

いまもその人は窓辺に立っているだろうか。そして、自分たちの車に注目しているだろうか。

「その人は、今日も外を眺めているかな」

「ここからじゃ見えないよ」

上谷は後方をふり返ったが、隣家の窓を視界に入れるには、能見家に近づきすぎていた。

上谷はようやく車のロックを解いた。真理明と悠馬が待ちかねたように外に飛び出した。

後方に走りだそうとする二人を引きとめて、

「まずこっち」

上谷は右隣の家にむかった。二人は異議も唱えず、ついてきた。

右手一軒目の家のバルコニーに、洗濯物が翻《ひるがえ》っているのが見えていた。洗濯物を干しっぱなしにしたまま外出している可能性がないとは言えない。だが、おそらく誰か在宅しているだろう。物干し竿の半分があいていて、まだ干している途中のようだ。

ドア横のネームプレートには「中井」とあった。

ドアフォンを鳴らすと、思った通り返答があった。

「誰ですか」

幼い声だ。小学生ではないだろうか。平日の午前中に小学生？

「能見さんの知り合いの者です。ちょっとお話を聞かせてもらえませんか」

「能見さん？」

「中井さんのお隣の人です」

「能見さんがお隣なのは知っています」

と、幼い声はきっぱりと言った。しっかりした子のようだが、隣近所の情報を得るにはいささか心もとない。

「大人の人はいませんか。お母さんとかおばあちゃんとか」

「いません。ちょっと待って」

ドアフォンが切れた。

お母さんやおばあちゃんではなく、お父さんでもいるのだろうか。そう思っていると、間もなくしてガレージの横のドアが開き、子供が出てきた。

マッシュルームカットの髪形をしていて、目がくりくりしたかわいい顔立ちだ。年齢は十歳前後だろうか。ジーパンをはき、黒い長袖のスエットを腕まくりし、花柄のエプロンをつけている。一見したところ男女の別がつかない。

「おじさんたち、彼もしくは彼女は開口一番に訊いた。

と、彼もしくは彼女は開口一番に訊いた。

「僕は能見さんの勤め先の上司。こっちの二人は」と、上谷は真理明と悠馬を手でさした。

「能見さんの生徒」

彼もしくは彼女は「生徒」という部分で小首をかしげたが、とくになにも言わなかった。

「家には、きみ一人なのかな」

真理明が上谷の背後から尋ねた。

「妹がいる」彼もしくは彼女は落胆することを告げてから、「おじさんたち、能見さんの行方を捜しているの？」

と、上谷が彼もしくは彼女にたいして期待していなかった言葉を口にした。

「きみ、能見先生の行方を知っているの」

今度話に割り込んだのは、悠馬だった。興奮がさらに増したようで、声の金属味がいっそう増していた。彼もしくは彼女は、悠馬よりもはるかに大人びた表情で上谷の背中から覗く悠馬を見た。

「知らない」

と、簡潔に言った。上谷が、そして真理明や悠馬も再度落胆しかけたところで、彼もしくは彼女は言葉を継いだ。

「一年前に消えちゃったんだ」

「一年前？」

本土寺市に引っ越したころか？

「うん。お姉ちゃんと一緒に」

「お姉ちゃんって誰？」

上谷は訊いた。

「お姉ちゃんはお姉ちゃん……あ、能見さんはサクラコと呼んでいた。花の桜に子って書くんだって」

「その人は、能見さんの子供なの？」

「分かんない。ある時、能見さんの家に行ったら、いた」

「ある時というのは？」

「去年の……ええと、夏休みに入る前」

能見家に三か月ほど住んでいたということか。

「いくつくらい?」

「うーん」

彼もしくは彼女は上半身ごと首をかしげた。

「大人だった。でも、いつも静かで、二階の部屋からあんまり出てこなかったよ。たまに台所でおいしいお菓子を作って、食べさせてくれたけれどね」

桜子という名前は、住民票には記載がなかった。戸籍を見ればなにか分かるかもしれないが、雇用主でしかない上谷には戸籍を見る手段がない。

「きみは、よく能見さんの家に行っていたの」

「うん。お父さんもお母さんもお店をやっているから、学校がお昼で終わった時は、能見さんがおうちに誘ってくれたの」

彼もしくは彼女はうつむいた。おでこから鼻筋にかけて寂しげな陰が漂った。能見が姿を消したことを悲しんでいるのは明らかだった。能見は、子供たちの心をつかむのに長けていたようだ。

「今日、きみ学校は?　開校記念日かなにかでお休み?」

能見の件とは無関係だが、上谷は訊かずにいられなくて訊いた。背中をつんつんと突《つつ》かれた。ふりむくと、真理明が仏頂面をしていた。そういうことは訊くべきでないと思っているようだ。

だが、彼もしくは彼女は屈託なく答えた。

「休んでいるの。お父さんが退院するまでお母さんはお店でお父さんの分まで働かなければならないし、そうすると妹の面倒をみる人がいないからね」

「お父さん、入院しているんだ」

「うん」

「早く退院できるといいね」

彼もしくは彼女は束の間、遠くを見る目になってから、ぽつりと言った。

「能見さんがいなくならなければよかったんだけれどね」

「そうすれば、能見さんに妹さんを預けられた？」

彼もしくは彼女は、こくんと細い首を折るようにしてうなずいた。

ヤングケアラーという言葉を耳にするようになって久しい。上谷が塾創立を思い立ったのは、彼らの勉学を手伝った経験による。こんな幼い子までヤングケアラーにならざるをえない時代なのかと、胸が痛む。

しかし、上谷はいつまでも世の中を嘆いているわけにいかなかった。

「どうして能見さんはいなくなったんだと思う？」

真理明が訊いた。

彼もしくは彼女は、上目遣いで真理明を見た。この時すでに真理明は上谷の背後から出て上谷の横に立っていたから、二人の視線は真正面で絡みあった。それはなんだか陽子と中性子がひとつになって原子核を作り上げたかのような劇的なものだった。

彼もしくは彼女は、思い切ったように口を開いた。

「男に連れ去られたんだと思う」

「男？」

「うん。お姉ちゃんが能見さんの家に住むようになってしばらくしてから、男が現れるようになったんだ。僕が部屋で能見さんの家を眺めている時、男が能見さんの玄関のドアフォンを鳴らすのを見たけれど、男は能見さんに相手にされなかったみたいで、ぷりぷりしながら帰っていった。そのあとも、しょっちゅう能見さんの家のそばで見かけたよ。その男がお姉ちゃんと一緒に能見さんを連れて行ったんだと思う」

彼もしくは彼女は一気にしゃべった。

ストーカー、という忌まわしい語彙が上谷の脳裏に点滅した。桜子という娘のストーカー、それが能見と桜子を連れ去った……。

しかし、能見はその後、本土寺市に転居している。連れ去られたあと、男のもとから逃げ出したのだろうか？

「僕は、能見さんが連れ去られるところを見たの？」

質問した上谷に、彼もしくは彼女は視線をむけた。

「僕は僕という名前じゃないよ。ウキっていうんだ」

「ウキ……」

「変わった名前だね。ウキウキするの、ウキ？」

真理明が遠慮なく訊いた。

「ちがうよ。羽が生まれるって書くの」

「羽が生まれる？」

「そう。お母さんは多分、僕が成長したら天使になってほしいと思ったんじゃないかな」

彼、羽生は、両手を広げてくるりと一回転した。スエットにエプロン姿であるにもかかわらず、非常に優雅な動きだった。

「羽生君はもう充分天使だと思うな」

真理明が言った。

「そんなことはない」と、羽生は真面目な顔を真理明にむけた。「まだ羽なんか生えていないもの」

「そういう意味じゃなくて」

真理明が言いかけたのに、悠馬が割り込んだ。

「それで、きみは能見先生が連れ去られたところを見たの」

話をもとに戻した。

羽生は首をふった。

「見ていない。だけど、能見さんがいなくなった前の夜、男が家の中に入っていくのは見たよ」

「え、能見先生が男を家に入れたの？」

「能見さんが中から鍵をあけたのかどうかは分からない。男が玄関から中に入っていくのを見ただけだから」

「それは何時ごろ？」

「ええと、自分の部屋で窓のカーテンを閉めようとして」

と、羽生は自宅の左上方を漠然と指さした。そこの窓のことなのだろう。

「なんとなく能見さんの家を見たら、男が入っていくところだったんだから、十時とかそんな時間かな」

「きみは十時まで起きているの」

上谷がなにげなく言うと、羽生は批判されたと思ったのか唇を尖らせた。

「宿題を終えるのが大体十時ごろだからね。二年生の時の先生、いっぱい宿題を出したんだ。お母さんを手伝ってご飯の後片付けとか洗濯物をしまったりしていたら、宿題をするのはいつも八時過ぎになっていたよ。いまは学校に行っていないから、少し楽だけど」

真理明が口を開きかけて、すぐに閉じた。ひどく複雑な表情になっていた。同級生のあとを追って横断歩道を渡ろうとして、信号がすでに赤になっていることに気づいた小学生のような。彼のあとを追っちゃいけないんだよね？

小学校の低学年ではなにもしてあげられない。上谷は胸の中で謝りつつ、質問を重ねていった。

「じゃあ、男が出ていくところは見ていないわけだね？」

羽生は明瞭にうなずいた。

「男が入ったあとで、能見先生のうちからなにか騒々しい音が聞こえてこなかった？」

羽生はこちらには首をふった。

「全然。しばらくカーテンを閉めずに能見さんのうちのほうを見ていたんだけれど、静かだった。もっとも、ネオが、妹がギャーギャー泣きだしたんで、ほんの数分のことだったけれど」

「数分じゃあ、なにも起きないかもしれない」

悠馬がぽつんとつぶやく。

上谷は気がついて、訊いた。

「その男は、車に乗ってきたのかな」

「能見さんの家の前に車が停まっていたから、多分。ふだん、男が車に乗っているのを見かけたことがないんだ。どこか近くに駐車していたのかもしれない。ただ、その夜は車を家の前に停めていた。だから、最初から二人を連れ出すつもりだったんだと思う」

小学三年生とも思えない、理路整然とした思考だ。

「車の種類とか分かる？」

分かったからといってどうなるものでもないと思いつつ、上谷は訊いた。

「暗かったからよく見えなかったけれど、白っぽい色で、小さかったと思う」

「で、次の朝には消えていたんだね」

「うん。僕が学校に行く時にはもう。でも、朝よりもっと前かもしれない。眠っている途中で、なんとなく車の騒がしい音を聞いたような気がする」

言い終わる前に、羽生は急に家の中をふり返った。

「ネオが泣いている」

泣き声は、上谷の耳には入らなかった。羽生は勢いよく中に入りかけてから、三人を見やった。

「おじさんたちも入って」

「え、いいの」

上谷は驚いたが、羽生は返事もせず家の中に走りこんでいった。

真理明が躊躇《ちゅうちょ》なくあとにつづいた。それで、上谷も悠馬も中に入った。


二階までは土足で入るらしかった。二階にのぼりきると三和土があって、上がり框《かまち》で三、四歳の女の子が泣いていた。霧雨のような静かな泣き方だった。女の子の足もとには水たまりができていた。

「またやっちゃったのか」

羽生は大人っぽい溜め息をつきながら運動靴を脱ぎ、上がり框に足を踏み入れた。

「だって」

と、女の子が言いかけるのを、羽生は、

「また本を読むのに夢中でトイレを我慢していたんだろう。それやめなさいって、ママだって言っているのに」

「だって」

と、また女の子は言ったが、先がつづかなかった。

「はい、立って、パンツを脱いで」

「ちょっと、ちょっと」

と、真理明が口を出した。

「みんなが見ている前で、女の子にそれはないよ」

「そうなの？」

羽生は丸い目を真理明にむけた。

「そうだよ。そういうの、セクハラになるよ」

「セクハラ？　ふーん……」

羽生は首をかしげ、真理明の言葉を嚙みしめているようだった。

上谷も嚙みしめた。おもらしをして泣くことしかできないような三、四歳の子が相手でも駄目なのか、しかもきょうだいなのに？　覚えておかなければならない。

「まず、彼女を私たちのいないところへ連れていって、汚したものを脱がせて。それから、捨ててもいい布きれかなにかを持ってきて。ここは私が拭いておくわ」

真理明はてきぱきと言った。

「ありがとう。雑巾はアコーディオンカーテンのむこうにあるよ」

羽生もてきぱきと返答すると、ネオを連れて上がり框の正面のドアのむこうへ消えていった。

真理明はすぐに中に上がった。上がり框の右手にあるアコーディオンカーテンを開いて、中から雑巾を持ってきた。

中は脱衣所兼洗面所になっていた。洗濯機の前に籠があって、その中に衣類が山盛りになっている。これから干す分であるらしい。上谷たちは羽生の家事を中断させてしまっているのだ。

もっとも、真理明は羽生の家事のなにがしかの手伝いになっていた。真理明は、ネオが作った水たまりを手早く拭いた。一回では終わらず、雑巾を洗面台で洗っては、二回、三回と拭いた。

その間、上谷と悠馬は所在なく三和土に立っていた。上谷とて長年一人暮らしで、とりあえず家事らしいこともしている。しかし、真理明のように初めて入った家の中で拭き掃除をするほど気がきいてはいなかった。

悠馬がつぶやいた。

「洗面台でおしっこを拭いた雑巾を洗うって、どういう神経だろう」

それは、真理明に聞こえるようには言わないほうがいい、と上谷は心の中で思った。あえて忠告はしなかったが。

真理明は清掃に満足すると、正面のドアをノックした。

「着替え、終わった？」

「入って」

羽生の声が返ってきたので、三人はドアをあけた。

部屋の北隅のらせん階段が真っ先に上谷の目についた。それから、部屋を区切るように配置された対面式のキッチン。次にキッチンのこちら側にある大人用の椅子三脚と幼児用の椅子一脚がとりかこんだ正方形のテーブル。パン皿やマグカップが載ったままになっている。食器だけではなく、本（小学三年生の国語の教科書）や鉛筆まで載っている。そして、テーブルの下にはパン屑が散らかっていた。

よく見れば、というよりもよく見る必要もないほど、寄木張りの床には埃が溜まっている。テーブルから一メートルほど離れて置かれたソファには、衣類がいまにも雪崩を起こしそうな不安定さで積まれてあった。羽生はその中からネオの着替えを引っ張り出したにちがいない。

ネオは、ソファのそばに足を投げ出して座っていた。上谷の知らない絵本を手にして熱心に読んでいる。

「ネオちゃん？」

真理明はネオをいとおしげに眺めてから、羽生に訊いた。

「どういう字を書くの。羽根の根に織物の織る、とか？」

織物の織るってどういう字？　とも問い返さず、羽生は即答した。

「ちがうよ。音の『ね』に生まれる。生まれるっていう字はいろんな読み方があるんだよ」

「ああ、そうだね。音生。きれいな名前だわ」

「でしょ」羽生は自慢げに胸を張った。「それで、お母さんの名前は季節の春に生まれると書いて、ハルミっていうんだよ」

「へえ。ちなみにお父さんの名前はなんていうの」

「お父さんはヒロシ。博士って書くんだ」

羽生は、急につまらなそうになって答えた。それから、音生がさっきまで身につけていた衣類を手に部屋を出ていった。真理明がキッチンに行った。

「ああ、やっぱり洗い物がたまっている」

大きな声でつぶやいて、洗いものをはじめた。上谷も悠馬も、真理明のような対応はできない。漫然とドア付近にかたまっていた。

洗面所のほうから洗濯機のまわる音がして間もなく、羽生が戻ってきた。

羽生は、「ええと」と部屋の中を見回した。テレビ台の上に載っていた配達されたままとおぼしき新聞を手にし、バサッと振った。落ちてきた何枚もの広告をより分けて一枚を取り、テーブルへ行った。

なにをしようとしているのか。

羽生はテーブルの上の食器を一か所に寄せ集めると、あいた部分に広告を載せた。そして、鉛筆をとって、裏の白紙になにか書きはじめた。

真理明がキッチンからテーブルにやってきた。寄せ集められた食器を持ち上げながら、紙を覗きこんだ。

上谷もテーブルに近づいた。

羽生は、人の顔を描いていた。

卵形の輪郭に三日月のような眉、楕円形をした枠の眼鏡までができていた。鼻の形で羽生はいくらか迷っているようだった。鼻の高さをどうするべきか。とんとんと、鉛筆の先で鼻翼のあたりをつつく。

「誰の顔？」

食器をキッチンに置いてから戻ってきて、真理明が訊いた。

「能見さんを連れ去った男」

真理明はヒュッと上手に口笛を吹いた。

その真理明の顔を横目で見てから、羽生は男の鼻を決めた。細い線で先端が尖った鼻を描いていく。高い鼻梁ということか。なかなか整った顔立ちになりそうだ。

「唇はね、薄かったと思う」

羽生は、ほとんど線のような唇を描いた。それから、髪の毛にとりかかった。真ん中から分けて、耳をすっぽり覆い隠すような長さだ。

「目は？　それとも、その眼鏡はサングラスで目の形が見えない？」

真理明が質問すると、羽生はいくらか考えてから、ちょんちょんと丸い点を描き入れた。

「サングラスじゃなかったけれど、光を反射していたから、そんなによくは見えなかった」

できた、というふうに、羽生は真理明と上谷にむけて紙を掲げた。

漫画的だが、かなりの出来栄えだった。羽生は絵の才能がありそうだ。そして、それが正しく描かれたものなら、男はハンサムといっていい容貌にちがいなかった。

上谷は困惑した。

この絵を我々に見せて、どうしろと？

声には出さなかった。しかし、羽生は上谷の心の声に応じるように言った。

「この男をつかまえれば、きっと能見さんの居場所が分かると思うんだ」

「能見さんに帰ってきてほしいのね」

真理明が喉に詰まった声で言った。

「もちろん」

と、羽生は力強くうなずいて、上谷と真理明の顔を見た。

「僕にはできないけれど、お姉ちゃんたちならできるでしょう」

どうやって？

この絵を交番に持っていって、「この男が能見家から二人の女性を誘拐したみたいなんです、捜してくれませんか？」そう言うのだろうか。

そんなことで捜査がはじまるわけはない。連れ去られたという証拠が必要だ。

「その後、男がこの辺をうろついていたということはないの」

真理明が当惑も見せず、訊く。羽生は当たり前だというふうにうなずいた。

「能見さんたちを連れていったんだもの。来る必要はないでしょう」

「でもね」と、上谷はやっと言葉をくりだした。「名前も知らない、住まいも分からない。そんな男を似顔絵一枚で捜し出すなんて、警察にだって不可能だよ」

羽生は、くりっとした目を驚いたように上谷にむけた。

「そうなの」

「第一、男が能見さんたちを連れ去ったのかどうかも分からないし」

上谷に反論したのは、羽生ではなく真理明だ。

「男が連れ去ったんじゃなければ、どうして能見さんがその後、家からいなくなってしまったのよ」

「能見先生は、男から逃げているのかもしれない」

今度の発言は悠馬だった。戸口に立ったまま置物のように沈黙をつづけていた悠馬が、会話に参加したのだ。

「能見先生が逃げたのなら、どうして男がその夜から一度も姿を見せないのよ」

真理明が反論した。

その言葉に触発されて、上谷はひとつの可能性を思いついた。雷にでも打たれたような衝撃が頭から足の先まで貫いた。

いや、まさか。そんなことがあるはずはない。

「羽生君が能見家を見ていない時に、たまたま男が来ているのかもしれないじゃないか」

悠馬は真理明に言い返してから、羽生に押しつけるように言った。

「きみは、能見さんの家を見ているより見ていない時間のほうが圧倒的に長いだろう」

羽生は臆せず言い返した。

「能見さんが家にいる時だって、僕はしょっちゅう隣を見ていたわけじゃないよ。それでも、男の姿を見かけたんだ。でも、能見さんがいなくなってからは、まるきり見かけないよ」

羽生の目は窓にむいていた。この部屋には二か所窓がある。キッチン側についた、つまりは能見家に面した細長い窓と、南側に面したバルコニーに出られる掃き出し窓だ。バルコニーには洗濯物が翻っている。

「ちょっとバルコニーに出てみていいかな」

上谷は訊いた。

「いいよ」

と、羽生は答えた。

17

みんなで掃き出し窓に近づいた。

バルコニーには大人用のサンダルが一足あっただけで、羽生がそのサンダルをはいた。そして、上谷たちにむかって手を蝶のようにひらひらさせた。靴下でバルコニーに出ても、羽生は気にしないようだった。それで、上谷はバルコニーに出た。真理明もつづいた。

悠馬は室内にとどまった。靴下でバルコニーに出る気にはなれないらしい。

羽生の頭の高さに洗濯物がぶら下がっていた。そのため、上谷も真理明もそれをかきわけることになった。羽生の母親のものだろう。女性用の下着もあって、上谷はそれに触れないように慎重に下をくぐった。

「ほらね」

と、羽生がバルコニーの右はしに立って手を広げた。

能見家の門から玄関までが見渡せた。

能見家の前に駐車した上谷の車ももちろん見える。

「誰かが能見先生んちの門扉をあけて中に入ろうとしている」

真理明が叫んだ。

上谷のほうは心の中で「しまった」と叫んだ。

上谷の腕時計は十一時をさしていた。泰葉に能見家へ来るように指示した時刻だ。

泰葉は時間通りにやってきた。しかし、上谷の車だけあって、周囲には上谷も悠馬もいない。泰葉は、二人が（泰葉は真理明の存在を知らない）能見家の中にいると思ったにちがいない。まさかドアが施錠されていないわけはないだろうから、彼女が屋内に無断侵入することにはならないだろうが。

「あの人を引きとめなければ」

上谷は、脱兎《だつと》のごとくバルコニーを出た。悠馬の腕をつかみ、靴をはくのももどかしく階段を駆けおりた。

「ちょっと、上谷さん、どうしたの」

という真理明に返事をする暇はなかった。

上谷と悠馬が能見家の門前についた時、泰葉は掃き出し窓の前に立っていた。その掃き出し窓にはレースのカーテンが引かれていた。しかし、二枚のカーテンの間に細い隙間があって、そこから中を覗きこもうとしているらしかった。だから、泰葉は後ろ姿だった。それでも、息子にはその後ろ姿が誰か分かったようだ。

上谷がつかんでいた悠馬の腕が固まった。手だけではなく、全身が固まったにちがいない。

しかし、それは一瞬のことだった。

「放して」

悠馬は金切り声をあげた。

その声は泰葉の耳に届いた。

泰葉は門をふり返った。

悠馬は上谷の手をふりほどいて逃げようとした。

上谷は悠馬の腕を放さなかった。

泰葉は門まで転がるように走ってきた。

「悠馬、帰るのよ」

泰葉の第一声だった。

悠馬の腕がふたたび硬くなった。おそらく全身も。上谷はそれでも悠馬の腕を用心深く握りつづけていた。

「上谷さん」と、泰葉は上谷に顔をむけた。「ありがとうございます。私たちを駅まで送ってください」

お願いします、とつけ加えはしたが、完全に命令だった。

悠馬は唇をわななかせて上谷を見た。なにか言おうとして言えずにいるのが痛いほど分かる。

「いったん家に帰ったほうがいいよ」

と、上谷は言った。それしか言いようがない。

「上谷さんてば、こんな卑劣な計画をたてていたのね」

背後で声がした。

上谷がふり返ると、真理明が仁王立ちで上谷を睨みつけていた。

悠馬の目に、ぽつんと小さな光がともった。その光を吹き消す迫力で、泰葉が言う。

「なんなの、あの子」

「ガールフレンドなんかじゃありませんから」真理明が答えた。「二人で能見先生を捜していただけ」

泰葉の視線がまともに真理明をとらえた。

「二人で！」

「二人とも能見の生徒で」

上谷が言い添えたが、泰葉の耳は素通りしたにちがいなかった。

「あなたが悠馬を呼び寄せたのね」

泰葉は断定した。金切り声が息子のそれに酷似していた。

「ちがいますよ。能見先生のアパートの前で偶然出会っただけ」

真理明は言ってから、一歩泰葉に近づいた。

「おばさん、悠馬君が将来なりたいものがなんだか、知っていますか」

とたんに、悠馬の体が目に見えるほど大きく跳ねた。泰葉のほうは珍妙な表情になった、チワワかなにかの小型犬に尻尾《しっぽ》を踏まれた猫とでもいったような。

「悠馬君はお医者にはなりたくないんです。コンピュータの仕事がしたいんです。じかに人と接触するのが苦手だから。自分の息子がそういう性格だって、知っていました？」

真理明は挑戦的に言って、口を閉ざした。

泰葉は黙っていた。悠馬もなにも言わなかった。その場にいる誰一人、声を出さず指一本も動かさなかった。しばらく周辺には静寂が満ちていた。数十メートル離れた通りを走る車の音やどこかの梢でさえずっている雀の声はあったが、まるでそこだけ世界が凍りついたように音と動きをなくしていた。

真理明と悠馬はラインティーチングの客である。そして、泰葉をここに導いたのは自分である。自分がこの場をおさめなければならない……上谷は、使命感から沈黙を破った。

「新田さん、こちらの少女ですが、彼女が言ったことは私も悠馬君から聞きました。悠馬君の進学先については、一度きちんと話し合われてはどうでしょう」

泰葉の顔が上谷にむけられた。真理明が発言した時とは異なる表情をしていた。チワワかなにかに尻尾を踏まれた猫ではなく、鼠の尻尾を踏んだ猫の形相だった。

「塾の人間がそんなことを言うなんて！」と、泰葉は怒鳴った。「悠馬の進路について口出しする必要はありません。あなたたちは悠馬が医学部に合格できるように優秀な講師を選任してくれれば、それでいいんです」

泰葉の言葉の途中で、真理明が声をあげた。

「悠馬、なんとか言いなさいよ」

悠馬は真理明を見もせず、唇を動かしもしなかった。

泰葉は、つかんでいた悠馬の手をぐいとひっぱった。

「さあ、すっかり時間を無駄にしてしまったわ。駅にお願いします」

上谷は迷いながら、車のキーをスーツのポケットから出した。

なるほど、塾の人間の仕事は生徒の進路にかんしてあれこれ口出しすることではない。生徒を希望の大学に合格させられれば、それでいいのだ。しかし……。

ここに日渡がいたら、どういう態度をとっただろう。おとなしく泰葉の命令に従っただろうか。それとも、悠馬と話し合うように泰葉を説得しようとしただろうか。

塾をはじめようとした時の日渡の主張を思い出した。

学問というのは、なんのためにするんだろう。なにかの研究者になるのが目標でないとしたら、一流校に入るため？　そこの卒業証書で、一流企業に就職するため？

確かに、いまの社会ではそれも理由のひとつだろう。しかし、学問というものはそれだけじゃない。学ぶということは、視野を広げるということだ。視野が広がると、小説ひとつ読んでも読み方が変わってくる。社会に起こっている出来事のとらえ方が多角化する。ＳＮＳに書かれた言説の真偽について立ちどまって考えることができるようになる。これらは卑近な例だ。だが、卑近な出来事の積み重ねがよりよき人生につながるのだと信じるし、そうできるようになる学問を、僕は提供したいんだ。だから、僕たちの塾に進学のためのコースだけを設けたくはない。いいね？

日渡の理想は、一流大学進学のための塾ではなく、真の学びの提供だった。それは、あるいは、かつての大学の在り方だったかもしれない。

もちろん、これまで上谷たちは生徒の進路について、本人から相談を受けないかぎり、あれこれお節介を焼いたことはない。その志望校は無理なのではないかと思っても、可能なかぎりの助力を尽くしてきた。しかし、もし生徒本人が希望しない大学の受験を親の強制によって目指していると知ったら、日渡は、それはよりよき人生になるのだろうかと、疑問を呈したにちがいない。

上谷は、口を開いた。

「駅へ送りますが、その前に悠馬君の進路について、じっくりお話しすることはできませんか」

そう言おうとしたが、駅へ送るという部分で中断させられた。真理明が上谷の声を刃物で切り裂くように言葉を放ったからだ。

「おばさんは、卑怯だわ。自分が苦労したくないものだから、息子に持ちたくもない荷物を持たせようとしている」

今回、泰葉は黙殺しなかった。

「なんですって」

真理明の言葉をとらえそこなって訊き返したのではない、怒りの間投詞だ。頬が赤く染まり、目が火を点じたように燃えて真理明を睨みつけた。

真理明は一歩も退《ひ》かなかった。

「悠馬君のおじいちゃんの家にいれば、おばさんは生活費に困らないわけでしょう。シングルマザーの家庭の母親のような苦労をしなくてすむわけでしょう。おじいちゃんの家から放りだされたくないものだから、おばさんは悠馬君に無理強いして、おじいちゃんの望みをかなえようとしているんだわ。それって、息子を食い物にしているってことじゃない。すっごいずるいと思うわ」

泰葉の顔色が見る見る青ざめていった。いまにも仇敵に出会った猫のように金切り声を発するのではないかと思えた。しかし、そうはせず、真理明を睨みつけているだけだった。しかも、その睨みつける相手は真理明を通りこして、どこか彼方の誰かであるかのように、わずかに真理明から逸れていた。

声をあげたのは、悠馬だった。

「ママにそんなことを言うな」

悠馬は真理明にむかって叫んだ。むこう三軒両隣に響きわたる大音声《だいおんじょう》だった。

上谷は驚愕したが、真理明のほうがもっと驚愕したにちがいない。「え」という口の形をしたまま動かなくなった。

「行こう」

悠馬は、自分の手を握りしめていた上谷を逆にひっぱって、車に乗り込む動作をした。ロックを解いていなかったので、乗り込めはしなかったが。

上谷は急いでドアを解錠した。もう悠馬の手をつかんではいなかったが、悠馬は率先して車の後部座席に乗り込んだ。つづいて泰葉が、どこか上の空の様子で悠馬の隣に座った。

上谷は真理明を手招きした。真理明は、目を最大限に見開いて上谷を凝視していた。車中の二人にはこれっぽっちも関心がなくて、上谷だけが世界の中心だとでも言いたげな視線だった。

「行こう」

「帰っちゃうの？」

「うん」

上谷は、能見家の左側の家に気づいていた。最前から、二階の窓に人影がある。カーテンがそよと動いていることから推して、窓をあけてずっとこの有様を観察している人物がいたにちがいない。こんなわけの分からない騒動を起こしていては、能見家について尋ねようとしても応答してくれるとは思えない。今日のミッションは終わりにするしかないだろう。

「私」と、真理明は言った。「もう少し羽生君の手伝いをしてあげたい」

いい子だ、上谷は心の底から思ったものの、樋山親子を待たせることもできない。

「もう少しって、どのくらい」

「掃除機くらいかけてあげたい」

「分かった。じゃあ、二人を駅まで送ったら戻ってくるよ。そして、適当なところまで送る」

「ありがとう」

真理明はにっこり笑うと、背をむけた。悠馬にさよならも言わず、中井家へ去って行った。

18

ラインティーチングの最終コマが終了するのは、午後十時三十分である。しかし、たまに、講師が簡潔には答えられない質問をする生徒もあり、十時三十分をいくらかすぎることもある。終了後には、管理職の上谷たちは講師から来た報告メールをチェックし、問題がないかどうか、あればどのような対処をするかオンラインで相談し、必要があれば事務処理をする。したがって、上谷たちの仕事が終わるのは十一時前後、場合によっては十二時をすぎる。

今日はさしたる問題はなかった。ただひとつ、樋山悠馬の契約解除の申し出以外は。上谷はそれを受理して悠馬の回線を切り、能見以外の講師に悠馬への授業の終了を連絡し、悠馬のファイルを「済」のフォルダーに格納した。契約解除した生徒のファイルは以前は完全消去していた。だが、たまに出戻ってくる生徒がいるため、最近では一定期間保存しておくことにしている。

十一時には執務室を出て食堂に行くことができた。

すでに日渡が来ていて、夜食をとっていた。卵とじソバだった。上谷の分まで用意されていなかったので、上谷はパックご飯に生卵をかけて食べた。

「で、どうだった」

日渡は、卵とじソバを食べ終わって日本茶を淹れると訊いた。

業務上の話、池島に代わる人事リーダーの募集をはじめたとか、樋山悠馬が契約解除をしたとか、そういう話は仕事中にやりとりしている。だから、日渡の「どうだった」は、能見にかんする問いだろう。

上谷は、能見の隣家を訪ねたことを話した。そこの家の羽生という名の小学生が能見と親しくしていたこと。羽生はその後いわゆるヤングケアラーになったが、能見がいれば彼女に妹を預けて学校に行けるにちがいないこと。しかし能見は一年前のある夜、一緒に住んでいた桜子という娘とともに姿をくらましてしまったこと。

「近所をうろついていた若い男に連れ去られたにちがいない、というのが羽生君の考えだ。その男は、桜子という娘のストーカーだったんだろう。しかし」

上谷は自分の考えをつけ加えた。

「男に連れ去られたのなら、能見が本土寺市に住んだり、うちに就職したりするわけはない。おそらく男から身を隠すために家を離れたんだろう」

日渡は眉をひそめた。

「その後、羽生君とやらは男を近所で見かけたことがあると言っていたか？」

「いや。見かけていないそうだ。それこそが、羽生君が能見たちは男に連れ去られたのだと推定する根拠になっているんだ」

「じゃあ、羽生君は、男が家の中に入っていったのは見たけれど、出てきたのは見たんだろうか」

「見ていないそうだ。だから、能見たちが男に連れ去られたというのは推定であって、断定じゃないんだ」

日渡は一度意味の不明な頭のふり方をしてから、言った。

「もしかしたら、これはとんでもない状況なんじゃないか」

「とんでもない状況？」

上谷は首をかしげた。上谷は病気というものには敏感な思考力をもっているが、「とんでもない状況」には想像力が充分に働かない。日渡は一体なにを想像したのだろう。

「ストーカー男がストーカー相手の家に入っていくのを目撃されたきり、姿を見られていない。そして、住人の能見と桜子という娘は住まいを移している。家の中でなにかあったとしか思えない」

「なにか？」

上谷の脳裏に悪い想像が浮かんだ。それは、中井家でも浮かびかけた想像だった。しかし、それをまっすぐに発展させていくことは、その時はしなかった。いまもする気になれない。この世に、おいそれと物騒な出来事が起こるわけはないというのが、上谷の確信だ。

「しかし、ストーカー男をその後見かけていないと言っても、それは羽生君が見ていないだけで、近所のほかの人間は見ているかもしれないよ」

日渡は指で顎をこすった。

「なるほど。そういう見方もできなくはないな。とはいえ、男が来なくなったのには、別の理由だって考えられる」

問わなくても、日渡はつづきを言いそうだったが、上谷は疑問詞を発した。

「どんな？」

「ストーカー男が思いを遂げて、桜子という娘を連れ去った」

「しかし、思いを遂げたのなら、能見が家を去る必要はないだろう？」

「そう。そこが問題だ」

と言って、日渡は上谷を見た。まるで上谷が答えを知っていて、それを口に出すのを待っているかのような視線だった。

　上谷は、壁際に追い込まれる気分で首をふった。

「俺は、事件なんかそうそう起こるものじゃないと思う。マスコミではよく殺人事件が報じられるけれど、俺の周囲で起こったことなんかない。あれはとても特殊なことなんだ。マスコミに扱われるから、頻繁に起こることのように感じられるけれど……いや、マスコミが扱うのだって、特殊なことだからだろう。日常茶飯事だったら、よほど陰惨な事件でないかぎり、マスコミが報じることもないんじゃないだろうか」

「どんな形をとっても、殺人は陰惨だぜ」

　日渡は言って、睫毛をちょっとしばたたかせた。まるで目が湿っているのを隠そうとしているかのように。

　日渡は殺人事件に巻き込まれたことがあるのだろうか。上谷は頭の中で思ったが、それを舌の端に乗せたりはしなかった。かわりに言った。

「能見が自宅を出たのは、なにかほかの理由があるんじゃないのか。借金とりに追われているとか」

　日渡はしばらく黙っていたが、

「そうかもしれないな」

　疲れたように言ってから、つぶやいた。

「桜子、か」

日渡からあらためてその名を聞いて、上谷はふと万葉集を思い出した。

昔、桜児《さくらこ》という乙女がいた。乙女は二人の男に命をかけて争うほどの恋をされ、その争いをやめさせるために林に入って首を吊った。そこで二人の男が詠んだ歌。

巻16－3786　春さらば　かざしにせむと　我が思ひし　桜の花は　散り行けるかも

巻16－3787　妹《いも》が名に　かけたる桜　花咲かば　常にや恋ひむ　いや年のはに

不吉な連想だった。現代の桜子とは無関係だ。第一、桜子に懸想《けそう》しているのは一人だ、多分。

日渡がなにか言っていた。上谷は我に返った。

「明日も柏葉市へ行くのか」

「え」

上谷は咄嗟《とつさ》に返事ができなかった。明日のことは考えていなかった。能見を捜すのに三日も四日も費やしている。その間、仕事の多くを日渡に負わせてしまっている。さすがに明日も、というのは申し訳なかった。それに、能見家の隣近所に樋山母子の揉め事を目撃されている可能性が高い。上谷がドアを叩いても応じてくれないように思える。別れ際、真理明も明日についてはなにもせがまなかった。彼女はなにやら能見以外のことで考えなければならない問題があるようだった。

「行く予定はない」

と、上谷は言った。

すると、日渡は思いがけない言葉を返した。

「それじゃあ、俺が行こう」

日渡は、上谷の顔を見て、小さく笑った。

「なにをそんなに驚いているの。俺だって、能見にかんしてはきみと同じ立場だぜ。ラインティーチングの経営者なんだから」

「いや、それはそうかもしれないけれど」

日渡は、お茶を一口飲んでから、言った。

「ああ、そういえば、まだ伝えていなかったな。池島に解雇を言い渡して、新しい人事リーダーを募集したところまでは知っているね？　夕方、応募してきた女性がいるんで、明日オンラインで面接の予定を入れている。三時だ。俺はそれまでに帰ってこられないかもしれないから、頼んだよ」

「あ、うん。もちろん」

日渡はお茶を飲み干すと茶碗を流しに運んだ。食洗機に入れて、

「じゃ、俺はもう寝るよ。おやすみ」

「ああ、おやすみ」

日渡は食堂を出ていった。

上谷は、日渡に荷物を預けたような気分になった。肩にのしかかっていた重みが氷かなにかのように解けてなくなっていく。

日渡なら、能見家の隣近所に顔を知られていない。だから、少なくとも今日、話を聞きにいけなかった能見家の左隣の玄関ドアを開かせることができるかもしれない。それで状況が好転するかどうかは分からないが。

19

もう寝る、と言って離れの自室に引き上げたものの、日渡はすぐには寝床に入らなかった。気になることがあった。個人用のパソコンを起ち上げ、その気になることを解消しようとした。

ネットをつなぎ、「尋ね人サイト」に入る。生きているか死んでいるかも分からない人を捜しているうちに見つけた、行方不明者を捜索するためのサイトだった。

　生きているか死んでいるかも分からない人……。

　日渡の心に過去が押し寄せてきた。


自分のせいで心を病んでしまった母親。家庭というものを顧みなくなった父親。

幼いころから、星も月もない闇夜を彷徨《さまよ》っているようだった。

そこに現れたのが、いまでは生きているか死んでいるかも分からない、その人だった。

だが、はじめはその人を憎んでいた。

幼児期、母親の趣味で女の子の格好をさせられていた。そのため、変態男に誘拐され、殺されそうになった。そこを助けてくれたのが、その人だった。

いっそあの時殺されていればよかった。助けてくれなければよかったのに、なんて迷惑な奴。そう思った。

だけれど、周辺で起こったいくつかの事件と死が、その人との距離を縮めた。

彼を殺そう。いや、彼に殺されようと、人気《ひとけ》のない場所に連れ出した。

そこで、その人に力一杯抱きしめられた。心の底から言われた。

「真人に生きる価値がなくて、誰に価値があるっていうんだ。生きていてくれなければ、俺が困る。俺が悲しい」

彼は、日渡が渡米している時に或る事件に巻き込まれ、殺されかけた。そこでは九死に一生を得たということだが、その後東北へ行き、東日本大震災で行方知れずになった。

日渡は未だに彼の生存を信じ、捜しつづけている。

ただし、今日はその人の情報を求めてサイトを訪れたわけではなかった。記憶の隅にあった、或る行方不明者を捜すためだった。

日渡は過去をふり払い、或る行方不明者の探索に専念した。

それは、たいして長くかからずに達成された。

これまでの茫漠とした推測が、一篇の鮮明なストーリーと化した。胸の底に鉛を沈められたような、重苦しいストーリーだった。

推測をもとに行動していいのか。余計なことをして、悲劇をより拡大することにならないか。過去の出来事が暗がりから手を伸ばして、日渡の足を引っ張ろうとする。

だが、やはり放置しておくことはできなかった。日渡は、暗がりから伸びる手を暗闇の奥深く蹴落とした。

推測を裏付けるためメールを一本書き、送信した。

この時間では即座の返信は期待できない。日渡は明日のために眠りについた。

20

翌日、日渡が能見の本籍地についたのは、午前九時をすぎたころだった。

能見家ではなくまっすぐ隣家へ行った。「反田《そりた》」と表札のかかっている玄関のドアフォンを鳴らす。

「どちらさま」

適度な間のあと、甲高い女性の声が流れてきた。

「日渡と申します」

日渡は、ドアフォンのカメラに運転免許証をかざした。

「お隣の件で伺いたいことがありまして」

「お隣って、能見さん？」

「はい、そうです」

「最近、能見さんの家の前に人が来ているけど……」

声に、隠し味のように微小の好奇心が含まれていた。日渡の中にあった期待がわずかに高まった。

「はい。私は能見さんの雇用主で、彼女がなんの届け出もなく連絡を絶ってしまったので捜しているのです」

「雇用主？　なんの会社ですか」

「ラインティーチングという塾です。能見さんは英語講師をしていました」

「ああ……」

なにか了解したようだった。家から出てくるかと思ったが、女性はそのままドアフォン越しに言葉をつづけた。

「でも、能見さん、だいぶ前からお隣に住んでいませんよ」

「どういう経緯でいなくなったか、ごぞんじですか」

「さあ。ある日、気がついたらいなくなっていたから。最初、見かけないのは旅行にでも行っているのかと思っていたけれど、旅行にしては長すぎるから……あまりつきあいがなかったんですよ、能見さんとは。いえ、先代が生きていらした時は親しくしていましたけれど、お嬢さん一人になられてからはね……挨拶以外なにをお話ししていいか分からなくて」

「最近は一人暮らしでなかったと聞いていますが」

「ああ、たまに若い子を連れてきていましたね。奈々子さんって、以前からそういう人なんですよ。お母さんがこぼしていました」

「そういう人？」

「困っている若者を見ると、放っておけないんですって。田舎から家出してきた子とか、ね。渋谷や新宿辺りで見つけて面倒みるんですって。でも、身元の分からない子を家に連れてくるのはねえ……治安が悪くなるんじゃないかって心配でしたよ。まあ、女性ばかりだから、まだしもだったけれど」

いったん言葉を切ってから、思い出したようにつけ加えた。

「でも、一年くらい前は、若い男がうろついていたりしたから、女の子でも油断できないと思いましたよ。能見さんの家に居ついた娘さん目当ての男じゃなかったのかしら」

やっと核心にたどりついた。

「その男のせいで、能見さんが家を離れたということは考えられませんか」

「え？」

女性は数秒黙りこんだ。それから、言った。

「分かりませんよ。とにかく、能見さんとはおつきあいがなかったんだから。お教えできることはなにもありません」

声に鎧《よろい》をおおったような硬さが加わった。

これ以上は無理なようだ、と日渡は判断した。

「分かりました。お時間をとらせて申し訳ありませんでした。ありがとうございました」

「どういたしまして」

ドアフォンが切れた。日渡は次の目的地へむかった。


日渡の次の目的地は、能見家のある地域を管轄する交番だった。スマホのナビを利用して、徒歩十分ほどで着いた。

交番の出入り口は開放されていなかった。だが、ガラスがはめられた戸の上部から、デスクでなにか書きものをしている巡査の姿が見えた。

五十代半ばだろうか。制帽を脱いでデスクに置いてあるので、頭頂の毛がかなり薄くなっているのが分かった。小太りで、頰はアンパンマンのようにぷっくりして血色がよかった。とうの昔に出世競争から離脱したような穏和さが感じられた。

この巡査を口説き落とせるだろうか。日渡はやや自信がなかったが、戸を開いて中に入っていった。

「すみません」

巡査は目をあげた。

「なにか」

「ある家の前で死臭がしたんですが、確認してくれませんか」

日渡は、ためらいがちでありながら強い不安の覗く口調を作って言った。

巡査は顔をしかめて「死臭？」と口の中で言った。

こういう出世から取り残されたと思われるベテラン巡査は、「死臭」というような曖昧な証言では容易に動かないかもしれない。もっと経験の浅い巡査だとよかったのに、と日渡が心の中で思っていると、巡査は多少脈のありそうな質問をした。

「ある家とはどの辺りですか」

日渡は、能見家の所番地を言った。すると巡査は「能見さんの家か」とつぶやいた。

日渡は巡査を見直した。所番地だけで能見家だと分かるということは、存外有能な警察官、少なくとも自分の管轄内を頭に叩きこんでいる警察官なのかもしれない。

「死臭ということは戸外に放置されているということか」

巡査は独り言めいて言ってから、訊いた。

「付近にそれらしいものは見えましたか」

「いいえ。門の中には一歩も入っていませんから。庭には草が茂っていましたし」

「死臭が臭うなら、亡くなって間もないはずだし、ネズミなどの小動物とは思われない。草が茂っていても、見えると思うんですがね」

「家の中かもしれません」

日渡が言うと、巡査は不審そうな目になった。

「家の中にある死体じゃ、どんなに腐敗していても門のところで嗅ぎ分けられないでしょう。あそこの家は、門から家屋までけっこうありますよ」

「私は、特別鼻がいいんです」

「特別鼻がいいって……」

「たとえば、お巡りさんが今朝納豆を食べたということが、お話ししていると臭いで分かりますよ。つまり、口臭で」

巡査は、眼鏡の奥で小さな目をぱちぱちさせた、そうすることで日渡の心の中が覗けるとでもいうように。

「おたくは」と、巡査は言った。「この界隈の人じゃありませんね？　なんの用で能見さんの家の前まで行ったんです？」

「ああ、遅くなりました」

日渡は、スーツの内ポケットに手を差し入れた。巡査の体に緊張が走った。日渡が武器を取り出すとでも思ったのかもしれない。日渡は名刺入れを出し、一枚抜いて巡査に見せた。

「私はこういう者です。ラインティーチングという塾を経営していて、能見さんはうちの講師をしていました」

巡査が手を出したので、日渡は名刺を渡した。巡査は、名刺の裏表を二度ひっくり返して検めた。

「能見さんはおたくの講師をしていたんですか。でも、していたということは、いまはしていない？」

「ええ。つい数日前、正確には五日前に突然行方をくらましてしまったんです。仕事を放り出して、退職願いも出さず。ですから、実際には、うちの講師でないともあるとも言えないんです」

「能見さんは一年ほど前からこちらの家に住んでいないようですよ」

「ええ。うちに提出した住所はこちらではありません。その住まいにいないので、本籍地に来てみたのです」

「そうですか。そして来てみたら死臭がした、と？」

「はい」

巡査の顔がひきしまった。アンパンマンのような頬がいくぶん小さくなったようにさえ見えた。

巡査はデスクに置いてあった制帽を取り上げてかぶり、立ちあがった。

「行ってみましょう」


十分程度の距離だから、ということで、巡査はパトカーを使わなかった。

歩きながら、巡査は能見と同じ中学校だったと明かした。

「能見さんとは一年生の時だけクラスが同じでね」

すると彼は、まだ四十八歳になるかならないかの年齢なのだ。

「美人なんだけれど、お高くとまっていなくて、同級生からも下級生からも慕われていました。二年前、こちらの交番に配属されて能見さんの家が管轄に入っていると知った時は、ちょっと嬉しかったですね。もっとも、彼女がまさか結婚もせずに家に残っているとは思いもよりませんでしたが。男子から圧倒的な人気がありましたからね」

日渡は、あなたも能見に魅かれていたんですね、などという軽口は叩かずに言った。

「私の塾の生徒たちからも好かれていましたよ。彼女がなにも言わずに行方知れずになったため、生徒たちみんなで捜そうということになったのです」

みんなというのがわずか二人だということは、巡査は知る由もないだろう。

「ああ、そうなんですか。そういえば、隣の坊やも能見さんを捜してほしいみたいなことを、私に言いに来たことがありました。両親が共働きなんで、時折、能見さんが預かっていたんですね」

　隣の坊やというのは羽生のことにちがいない。

「能見さんは、本当に中学の時から変わっていなかった」と、巡査は感慨深げにつづけた。

「面倒見がよくて、病気で学校を休みがちの女生徒に、放課後英語を教える姿をよく見かけたものです」

「ああ、そのころから講師になる素質があったんですね」

「中学卒業の文集では、将来の夢は先生ではなくて、医師の資格をとって国境なき医師団に入り紛争地で怪我人や病人を治したい、みたいなことを綴っていましたが。中学生にとっちゃ、国境なき医師団って、それなに？　という類いの知識でしょ。それを彼女はもっていたわけです」

「知識だけじゃなく、ボランティア精神も」

「そう、その通りです」

　能見がその夢を実現しなかったのは、医大に入学できなかったからなのか。それとも、途中で心境に変化があったからなのか。あるいは危険をともなう地域に行けない事情が生じたからなのか。たとえば、シングルマザーになったとか。

「同居の若い女性がいたと聞きましたが、能見さんの娘さんですか」

え？　という顔つきで巡査は日渡に目をむけた。

「若い女性が同居していた？　聞いていませんね。もしいれば、訪問の際に伝えてくれているはずですが。赴任直後に訪問しているんですよ。誰からそれを？」

「隣の家の男の子からです」

「彼と会っているんですか」

「ええ。少しの間、能見さんの家の前に立っていたら、隣の家から男の子が出てきて、二言三言話したんです。能見さん以外に住んでいる人がいるかもしれないと思ったので。そうしたら、お姉ちゃんと能見さんと、二人ともいなくなったって」

日渡はよどみなく言った。羽生とは会っていないが、疑義をはさまれるような言い方ではなかった。巡査は日渡にむけていた顔をもとに戻した。

「隣の子は、能見さん以外の人のことはなにも言っていなかったと思いますよ。親戚の娘さんあたりが以前遊びにきていたのを覚えていて、そんなふうに言ったんじゃないですか。能見さんは独身だったし、両親は能見さんが若いうちに病気で亡くなったということですからね。能見さんはずいぶん長いこと、あの広い家で一人で暮らしていたんです」

巡査は、感傷的に聞こえなくもない調子で言った。

「ところで、隣の子が能見さんを捜してほしいと言いにきた時、どういう対応をされたんですか？」

日渡はさりげなく訊いた。

「一応、家を訪ねましたよ。でも、郵便受けに新聞がたまっていなかったので、販売所に問い合わせたら引っ越すことになったから契約を解除するという電話があったということで、それ以上の確認はとっていません。実際、引っ越したんでしょう？」

「まあ、そういうことでしょうね」

と、日渡は応じた。


話すうちに、能見家の門前についた。

巡査は鼻をひくつかせた。

「それらしい臭いはありませんね」

と言って、日渡の顔を見た。疑念や憤慨といった負の感情のない、純粋に事実を告げる視線だった。

「言ったでしょう、私は特別鼻がいいんです。中に入ってみることはできませんか」

巡査の唇に苦い笑いが走った。

この人は、交番に訪ねてきた男の鼻がいいなんて小指の先ほども信じていないのだ、と日渡は察した。それでも、彼は言うだろう。入ってみよう、と。

「いいでしょう」案の定、巡査は言った。「入ってみましょう」

門扉のノブに手をかけた。門扉に鍵はなく、かすかに軋《きし》む音を立てて内側に開いた。

巡査が先に入り、日渡がつづいた。

巡査の歩調はゆっくりしている。左右を見回しながらの歩行だ。

玄関までのアプローチの両脇はかつては芝生でも敷き詰められていたのかもしれない。いまは丈高い雑草で覆われている。雑草は石畳でさえ覆い隠そうとしている。この一年、誰もやってこなかったことの証左だ。

巡査は、警棒を腰から抜いて雑草を払っていった。そうすることで、いかにも敷地内に死臭を発するものがあるかどうか見極めようとしているのだ、というふうに。日渡も草むらに目を凝らしながら巡査の後ろをついていった。

そうやって、二人は建物の周囲にそって歩いていった。

建物の裏は、表ほど広くなかった。一メートルほどの高さの支柱が何本か雑草の間に立っていた。なにか野菜を作っていたのかもしれないが、それらしいものは影も形もなかった。

敷地を囲繞《いじょう》するフェンスに、出入り口はとりつけられていなかった。家屋に裏口はあるのだが、敷地から出るには結局のところ表の門を使うしかない。もっとも、フェンスの高さはせいぜい一メートルかそこらだから、その気になれば乗り越えることは可能だった。

裏は、二車線程度の道路をはさんで住宅が並んでいる。家屋は能見家と同じようにゆったりとした敷地に建っていて、どれも築二十年、ことによったら半世紀も前に建築されたのではないかと思われる。

能見家の建物から裏の家々の建物までの距離は二十メートル弱といったところだ。だから、裏と能見家の双方の家の窓があけ放たれていたなら、いくらか音を聞きとれるだろう。しかし、能見が姿を消したのは、夏ではない。今ごろの時期の夜間のはずだ。窓をあけ放っていた家はなかっただろう。

「なにもないですな」

巡査は言った。敷地内に死臭を放つものは見当たらないということだ。淡々とした声音は、最前と同様、事実をありのまま述べただけだということを表している。

日渡は、建物の窓に目をやった。曇りガラスがはめ込まれた比較的小さな窓だ。

「あそこから臭います」

「本当に？」

「本当です」

巡査は、しばらく顎に片手を当てがって沈思していた。それから、顎からなにかを捨てるように手を離し、言った。

「分かりました」

捨てたなにかは警察官としての逡巡だったかもしれない。巡査は裏口に近づき、ドアの前にかがみこんでなにやらはじめた。巡査の背中に隠れて日渡の目からはしかと見えなかったが、どうやら鍵穴をいじりまわしているようだった。

やがて巡査は立ちあがった。ドアを開くと、日渡をふり返った。

「入りましょう」


入った場所は、台所だった。

異臭がした。なんの臭気か分からない。流し台のシンクに食器が重なっていた。水の跡はなく、皿には醬油かソースが固まってこびりついていた。その臭いかもしれない。

シンクの横の台に、日本茶の準備がされていた。茶卓に置いた三個の茶碗、蓋のあいた急須、そのどれにもなにも入っていない。茶筒が急須の横にある。湯が沸くのを待っていたのだろうか。しかし、ガスレンジに薬缶《やかん》は置かれていない。

台所の中央に、丸テーブルがあった。量販店で売っていそうな安っぽいもので、しかも小さい。丸テーブルだから三人くらいは周りを囲めそうだが、天板は二人分の食器を並べるのが精一杯の大きさだ。事実、載っていたランチョンマットは二枚で、テーブルの周りにある椅子も二脚だった。

ランチョンマットの一方にマグカップが載っていた。もう一方のランチョンマットに載っていたであろうマグカップが椅子とテーブルの間に転がっている。

台所の南面には磨りガラスのはまった引き戸があって、開いていたためにむこうの部屋が見渡せた。

庭に面した広い部屋だった。グレー系の地とワインレッド系の地の二枚の絨毯《じゅうたん》が敷かれ、窓辺に近いグレー系の絨毯の上には黒革張りの重厚なソファと肘掛椅子三脚、それにガラスの天板のローテーブルが整然と置かれてあった。

ワインレッド系の絨毯の上には四、五個のクッションが置かれているきりで、家具はなかった。部屋に入ってみれば、台所の壁と隣あわせでマントルピースがあり、冬はそのそばに座ってテレビを見る場所になっていたことが分かる。ただし、日渡たちが能見家を訪れた時点では、そのクッションの位置は四方八方に乱れていたし、マントルピースの中には人間が頭を突っ込んで倒れていた。そして、台所でしていた異臭は、マントルピースの周囲のほうが強かった。

マントルピースに頭を突っ込んだ人物は、仰向けに倒れていた。仰向けだと判断できたのは、ジャケットやチノパンツといった着衣が前身頃だったからだ。

マントルピースに突っ込んだ頭は、三十度の角度で右横をむいていた。顔に肉はついていなかった。つまり、人物は白骨化していた。そういうわけで、頭髪はあったのだろうが、頭部には残っていなかった。

巡査は、しばらく死体を見つめて立ちつくしていた。

「男？」

つぶやきを漏らした。

実際のところ、男女の別を確定するには、着衣をはぎ取ってみるしかなかった。ジャケットの下のTシャツには紺地にさまざまな絵の具を塗りたくったような模様がついていたし、チノパンツはセルリアンブルーにたっぷりオフホワイトを混ぜ込んだような空色で、男性用とも女性用ともつかなかった。ただ、パンツと同色のジャケットは、右前の打ち合わせだった。一応男性と見なしていいだろう。

やがて、巡査は我をとり戻した。日渡に顔をむけた。驚嘆と猜疑の入り混じった目つきをしていた。

「死臭は、遺体から発しているというより、白骨化する過程で室内に充満し、滲みついたものでしょうな」

「そうですか。私には、遺体の時間経過と死臭についての知識はありません」

「しばらくここにいてもらいますよ」

日渡は、承知とも不承知ともつかない首の動かし方をして見せた。

巡査はポケットからスマートフォンを取り出し、警察署に電話をはじめた。

21

上谷は、忙殺されていた。

人事リーダーの池島はまだ会社に籍がある。解雇予告は三十日以上前に通告しなければならないという法律があるから、池島はあと二十九日間はラインンティーチングの社員だ。それなのに、今日はもう出社していなかった。ラインティーチングの場合、出社とは会社とオンラインでつながることだが、池島のスマホも端末もオフの状態だった。

残りの二十九日間を休もうと決めたわけではないだろう。いくら馘首になったからといって、休暇届を出さずに休んでいいわけがない。第一、彼の場合、効率よく有給休暇をとっていたから、二十九日間も有給で休めるほど休暇は残っていなかった。

そういうわけで、上谷は池島の分の仕事までしなければならなかった。講師と受講生の出欠確認。講師や社員募集に応募があれば、その人物のチェックと評価・採用会議にかけるための資料作成。新規の受講申し込みがあった場合はその手続き。上谷自身の仕事である国語の新しい参考書や試験の製作。そのほかに、日渡が担当しているネットワーク関連担当者や経理担当者からの報告を受けたりチェックをしたり。

トイレやコーヒー・ブレイクのために執務室を出るたびに、社長室を覗く。だが、いつまで経っても日渡の影も形も見えない。まさか日渡がこれほど長く、能見の行方に時間を費やすとは思ってもみなかった。

翌日になろうという時刻に、上谷はやっと通常の業務を終えることができた。夕食をとるために食堂へ行った。

すると、日渡がカップ麺を食べていた。

彼がインスタント食品を食べることは稀だ。どんなに忙しくても、いつも自分で調理をして食べている。せいぜいが納豆とご飯と朝の味噌汁の残りだとしても。

「いつ帰ってきたの」

上谷は、自分用のカップ麺を納戸から出しながら訊いた。

「ちょっと前。すまない。きみのカップ麺をもらった」

「もちろんいいよ。しょっちゅう日渡さんの手料理をご馳走してもらっているんだから」

薬缶に水を入れガスレンジにかけてから、カップ麺の包装を破りながら訊いた。

「で、なにか見つかったの」

「遺体が二人分」

日渡の口調は、カップ麺の感想かなにかのように日常的だった。だから、上谷は聞きまちがいかと思った。

ゆっくり息を吸い込み、その吸った分の息を吐きだしてから、上谷は口を開いた。

「なに、誰の、どこで、日渡さん、一体なにをしてきたの」

日渡は、上谷の好奇心を抑えこむように両手を左右に振った。

「遺体が誰かはまだ判明していない。能見の家で発見した。俺は重要参考人として、警察署で話を訊かれた。それで、こんなに遅くなった。仕事、忙しかったかい」

仕事の話どころではない。

「遺体は行方不明の能見じゃないの」

「だから、分からないんだってば。白骨化していたからね」

「白骨化……」

能見が姿を消したのは数日前。遺体が数日で白骨になることはない。それくらいは、上谷にも知識としてある。

とはいえ、古い遺体に見せかけるためになんらかの方法で白骨にしたのではないか……いやいや、そうだとすると、遺体は事件性を帯びていることになる……。

ピーッという音が鳴りだした。上谷は、思考を中断した。薬缶が沸騰を告げている。火を消して、カップ麺に熱湯を注ぎこんだ。

その間に日渡は食べ終え、コーヒーを淹れていた。

「能見の家に入ったはじめから話してくれない、三分で」

と、上谷は要求した。日渡は肩をすくめた。

「交番へ行って、能見の家から死臭がすると言ったんだ」

「死臭がしたの？」

日渡の鼻がよいのは知っている。しかし、白骨化した遺体が死臭を放つものなのだろうか、しかも家の中にあるのに。

「いや、ただの出まかせだ。能見の家に死体があるんじゃないかと見当をつけていたから。もっとも、巡査が俺の言葉を信用してくれる自信はなかった。ただ、運よく交番にいたのが能見の同級生で、一年前に家からいなくなった能見のことを気にかけていた。それで、俺の報告を足掛かりにして能見の家に入ることを決断した。そうしたら、居間で男性らしき遺体が見つかった。自然死には見えない状態だった。巡査は署に連絡をとり、捜査員が来た。そこからさらに家を捜索すると、もう一体遺体が発見された、俺は目にしていないが。俺はその場に留め置かれた。外に死臭が漏れてもいないのに死臭がすると言って交番に行ったことを怪しまれたんだ。あらかじめ能見家に死体があることを知っていた、つまりこの死にかかわっているのではないか、とね」

「その疑いをどうやって解消したの」

日渡はマグカップの縁を指でこすった。

「まだ疑いが晴れたわけじゃないだろうね。遺体の身元が確認されでもしたら、また呼び出されるかもしれない」

怖じ気をふるう話だが、日渡は落ち着き払っている。

もっと訊きたいことはある。しかし、三分が経っていた。上谷はカップ麺の蓋をあけた。食欲は失せていたが。

「あ、そうだ」と、日渡はコーヒーを唇に持っていく手を途中でとめた。「中井羽生君ね」

「羽生君？　会ったの？」

いるだろう。

羽生のことは気になっていた。能見家から遺体が発見されて、どんなにショックを受けて
「会ったとは言えないけれど、パトカーに乗る時に見かけたよ。自分の家の窓からこちらを覗いていた」

「泣いていなかった？」

「いや、遺体があったとは知らなかっただろうから。窓をあけて管轄の巡査に、なにがあったのか大声で尋ねていた。巡査はうまく答えていたよ。いまなにがあったか調べているところだ、って」

ちょっと言葉を切ってから、つづけた。

「賢そうな子だから、早晩、事実を知るだろうけれどね」

上谷は溜め息が出た。

「なんとかしてあげたいな」

日渡は、ポケットに隠し持っていたお土産を出すように言った。

「巡査が言うには、あの子の父親はあと数日で退院するということだよ。水疱瘡《みずぼうそう》だったそうだ」

「水疱瘡だったのか」

思わず、上谷は笑い声をあげた。もっと深刻な病気を想像していたのだ。

「いや、水疱瘡だって、大人がかかるとけっこう大変だよ」

「まあ、それはそうだけれど。じゃあ、間もなく羽生君は学校に戻れるんだ」

日渡が持ち帰った唯一の朗報だった。上谷は、気をよくしてカップ麺にとりかかった。

上谷が食べ終わる寸前に、上谷のシャツの胸ポケットで電話が鳴った。

真理明からだった。

若干迷ったが、上谷は電話を受けた。

とたんに、真理明の興奮した声が飛び込んできた。

「能見先生の実家で遺体が見つかったの、知っている？」

「きみこそどうして知っているの」

「ネットのニュースで……上谷さん、知っていたんだね？　いまの言い方だと、ネットのニュースを見たわけじゃないんだね？　もしかして、上谷さんが見つけたの？」

おそろしく頭の回転が速い。

「いや、僕じゃなく、社長の日渡が」

上谷の目の隅に、日渡が苦い表情で首をふるのが見えた。言うべきじゃなかったかもしれない。が、言ってしまったものは取り返しがつかない。

「わあ、社長さんと話したい。社長さんの電話番号を教えて」

教えられないと言っても、真理明は容易に引き下がらないだろう。最早、上谷は真理明の性格を飲み込んでいる。

「彼はここにいるよ」

日渡に申し訳ないとは思ったが、上谷は正直に言った。

「替わって、替わって」

上谷はスマホを耳から放し、日渡に差し出した。

日渡はすでに諦めていたようだ。もう顔をしかめることもなく、スマホを受け取った。

上谷は、カップ麺の残りを食べる行為に戻った。もっとも、会話から離脱することはできなかった。日渡がスマホのスピーカー機能をオンにしたからだ。

「もしもし、日渡です」

真理明は日渡の声を聞くが早いか、

「見つかった遺体は、桜子さんという人のストーカーだったんですか？」

予想した問いだったらしく、日渡は淡々と答えた。

「手元にあるカードから読み解けば、そうなるね」

「能見先生に殺された？　だから、能見先生は家を出た？」

「きみ、そこまで突っ走らないで。家の中にほかに遺体があるという事実が、ものごとを複雑にしているんだから」

　真理明が息を飲む音を立てた。

「ほかの遺体もあったんですか」

　押し殺した声で訊く。ネットには、どうやらそこまでの情報は流れていなかったようだ。

　日渡は指で唇の下をこすった。

「ああ」

　それは、真理明への返答ではなく、自分の失敗を悔いる声に聞こえた。

　真理明がいよいよ興奮するかと思ったら、案外冷静な声に戻った。

「そもそも、社長さんはどうして能見先生の実家で遺体を見つけたんですか。家のガラスを割って中に入ったんですか」

「そんな犯罪行為はしていないよ」

　日渡は、上谷にしたのと同じ説明をした。真理明は、「死臭がした」というところで言葉をさしはさんだ。

「社長さんには犬みたいな嗅覚があるんですね」

「いや、ない」

　日渡は一蹴して、つづけた。

上谷は空になったカップ麺を流しに運んで軽く水洗いした。それをダストボックスに捨てると、コーヒーメーカーからマグカップにアメリカンを注いだ。

そうしている間に、日渡の説明は終わった。真理明はすぐさま質問を開始した。

「その遺体は何者なんですか。桜子さん？」

「私にはこれ以上答えられない。性別さえ知らないから」

「知らないんですか。でも、遺体を見たんでしょう」

「とんでもない。どういう状態で亡くなっていたのか、私には教えられていない。性別も知らない。通りかかった部屋から聞こえてくる捜査員の声で、遺体がもう一体あったことをつかんだだけだから」

「そうなんですか」

「そうなんですよ。新田さん」

真理明の名前を呼ぶ日渡の声があらたまった。

「はい？」

「これは殺人事件です。能見さんがかかわっているかいないか不明だけれど、素人《しろうと》の我々が出る幕ではありません。能見さんのことを心配する気持ちは分かりますが、警察にまかせ、出てくる情報を静観しているほかありません。いいですね？」

「いいですね、って。でも」

真理明の声が湿った。

「私、能見先生のことが心配で……」

「新田さんがどんなに望んでも、能見さんをシェルターにすることはできませんよ」

シェルター？　上谷はまごついた。真理明も同様だったらしく、率直に訊いた。

「シェルターってどういう意味ですか？」

「人間は誰でも、心にしろ体にしろ自分が壊れそうな時、避難できる場所を持とうとするものだと思う。それが、神を発明した理由のひとつだろうね。その結果、自分の神こそが正しいと争い合う、本末転倒なことも起きるようになったけれど。神とはかぎらない。人は、自分が頼りになると思えるものに心を寄せ、できれば心身まるごとを預け、そこで安寧を得ようとする。私の言うシェルターとは、そういうものです」

真理明はしばらく無言だった。

上谷は、なんとはなし亡くなった姉の顔を思い浮かべていた。なぜ姉のことを思い浮かべたのかは明瞭ではない。ただ、俺は姉にすがっているのだろうか？　という自問が胸にさしていた。

やがて、真理明がひそやかに降る雨のような調子で言った。

「それが私の場合、能見先生だと？」

「そうじゃないのかな」

「分からないけど、でも、さっき社長さんは、能見先生は私のシェルターになれないと言いましたよね。なぜ」

「いまはそれは言えません」

日渡は、冷酷と思えるくらい静かに答えた。

また真理明は黙りこくった。しばらくして、怖いものを覗き見るように慎重に言った。

「まさか見つかったのは能見先生の遺体、じゃないですよね？」

日渡は、気休めを言うほど十七歳の少女を軽視してはいなかった。

「そうじゃなきゃいいなと思っている、としか言えません」

真理明は、風船をふくらませるような大きな溜め息をついた。その風船をパチンと割ったあとのような語調で、

「社長さんは本当に遺体についてはなにも知らないんですね」

そこには疑義ではなく、諦観が含まれていた。

「そう。だから、もう話を終えていいですか」

「ええ、ありがとうございました。おやすみなさい」

「おやすみなさい」

真理明は電話を切った。

上谷は、日渡からスマホを受け取りながら言った。

「でも、想像はしているんだろう？」

自分が詰問する調子になっていることは自覚していなかった。日渡は苦笑した。

「やれやれ。一問去ってまた一問か」

いくらかおどけた口ぶりで言ってから、真面目な調子になって答えた。

「刑事事件を特殊と考える上谷君なら決してしないであろう想像はしているよ」

上谷は顔が赤らむのを感じた。

「だって、刑事事件になど遭遇したことがないから」

「幸運なことだよ」

日渡は額に憂愁を漂わせながら、声には慈父のようなやさしさを込めて言った。それから、事務的とも言えるくらい理路整然と話した。

「能見家を出る時に、玄関わきにある第二の遺体が発見された部屋の横を通ったんだ。和室だった。多分、能見家に唯一存在する和室だろう。床の間があって、鴨居があった。遺体は畳に寝かされていたらしいが、俺に見えたのは遺体をとりかこむ捜査員の姿だけだった。居間の遺体と同じ時期だろうな、という捜査員の発言が耳に入ったから、おそらく白骨化していたのだろう。鴨居がある部屋で亡くなっていたということは、鴨居を使って首を吊ったのだろうと思う」

「自殺……」

「自殺に見せかけた他殺かもしれないが」

一人は殺され、一人は自死。

すると、居間で男性を殺害したあと、殺人犯が自殺した。想像力の乏しい上谷にも、そのくらいのストーリーは描ける。

ただ、居間の遺体が女性で、和室の遺体が男性であったほうが、上谷の意に沿ったストーリーになる。桜子のストーカーが無理心中を図ったという構図だ。

「連れ去られようとして抵抗している最中に誤って相手を殺してしまい、その事実に耐えられず自殺……ということかな」

上谷は、できればしたくない想像を口にした。ストーカーの被害者を殺人の加害者と見なすのは、心が痛む。

日渡は、少し困ったように首をふった。

「きみは、能見家に三人の人物がいたという事実を忘れているようだね。ストーカーが殺され、殺した桜子が自殺したとしたら、能見はなぜ警察に届け出もせず家から逃げ出したんだと思う？」

「あ……」

能見の役割は一体なんだったのだろう。

そもそも男がストーカーだというのは事実なのだろうか？

そうだ。そこから考えをはじめるべきだった。男をストーカーだと決めつけたのは、羽生の発言がいかにもそれらしく描いていたためだ。

「桜子は、本当にストーカーから逃げていたのだろうか。そうではないかもしれない。能見は桜子を匿《かくま》っていたのではなく、隠していたのかもしれない」

上谷が考えを披瀝すると、日渡は眉をひそめた。彼にはそういう方向への推理が働いていなかったようだ。無理もない。上谷がはじめから男をストーカーだと限定していたのだから。

「なぜ能見が桜子を隠さなければならないんだ」

「男と桜子の結婚に反対していたんだ、きっと」

日渡は、そこに答えを見出そうとするかのようにしばらくマグカップに視線を落としていた。コーヒーはすでに空になっていた。

やがて日渡は、目をあげて言った。

「能見に二人の結婚を阻止する権利はあったのだろうか」

「あったんだろうね。桜子はきっと能見の娘だったんだ」

「でも、桜子が能見の家に現れたのは、一年数か月前なんだろう。生まれてからそれまで、どこにいたの」

「能見は結婚したことがないわけだから、桜子はどこかに養女に出されていたんじゃないだろうか。それが一年数か月前に親子の名乗りをあげて一緒に住むようになった、とか」

上谷が考え考え言うのを、日渡は疲れ切った表情で聞いていた。実際、疲れ切っているのだろう。朝早くから駆けずり回り、夜ももう遅い。それでなくても毎日過重労働なのだから、下手な推理につきあってなどいたくないだろう。上谷は謝りたくなった。

「悪い。部屋に引き上げる？」

「ああ、そうだね。今日という日は長かった」

日渡は、マグカップを手にして流し台へ行き、食洗機に入れた。それから、ふと思いついたように上谷をふり返った。

「桜子は能見の娘ではないと思うよ」

「どうして」

「四つ葉という小劇団があって、そこのヒロイン役の女優が能見を彷彿とさせる容貌だった。

正確には、能見が若ければ、こうだろうという容貌だった」

　意味不明の返答だ。

「その女優がなに？」

「桜子という名前なんだ。倉木《くらき》桜子。昨年の夏、行方不明になった。ストーカーにつきまとわれた挙げ句のことだ」

　上谷は束の間、考え込んだ。日渡は食堂を去りもせず、上谷の思考がひとつの方向にまとまるのを待っていた。そうやって日渡を待たせた割には、上谷の思いつきは平凡だった。

「それが能見と暮らしていた桜子？」

「おそらく」

「だからといって、能見の娘ではないという根拠にはならないだろう」

「彼女の両親が尋ね人サイトに桜子の情報を書き込んでいる。彼らに連絡をとれば、桜子が養女かどうか分かるだろう」

　上谷は首をかしげた。「分かるだろう」というイントネーションは、上谷にそうするように勧めているというよりは、説明に聞こえる。

「連絡をとったの？」

「ああ」

「いつの間に」

「昨夜のうちにメールで。返事が来たのは、ついさっきだけれどね」

「で、なんて？」

「『娘が原宿予備校に通っていたのはまちがいない。能見という人との接点はそこだけだ。そんな薄い関係の人のもとに本当に娘がいるのか』」

また上谷の想像を超える返事だった。

「桜子が能見の生徒だったかどうか、そう問い合わせたの？」

「ああ」

「どうしてそんなことを？」

「面倒見のいい予備校講師が、ストーカーにつきまとわれている元生徒を家に匿うなんてこともあるかもしれないと思ったからね」

「すごい着想だ」

日渡は小さく首をふって、本心なのかどうか、

「上谷君のように、養女に出した能見の娘かもしれないという発想がなかっただけさ」

と言った。

それにしても——。

「四つ葉という小劇団でヒロインを演じた桜子を見たことがあるの？」

クラシック音楽は聴いても、芝居には興味のない人間だと思っていた。

「ないよ」日渡はあっさりと否定した。「ただ数年前のコンサートでもらったフライヤーの中に、四つ葉の公演がまじっていた。桜子の顔がアップになっていて、それが記憶に残っていたんだ」

上谷は、もしこの場で帽子をかぶっていたら脱ぎたかった。

「驚異的な記憶力だね、相変わらず」

日渡は、まばたきするほんの短い間、悲しげに見える微笑をこぼした。

「で、それ、警察に言ったの？」

「いいや。両親から返事が来たのはさっきだと言っただろう」

「言うべきだろうね？」

「それはごめんだね」

「なぜ」

「ますます俺への疑いを濃くするだけだよ。それに、警察ならすぐに調べがつくだろう、きっと」

日渡の言い分ももっともだった。上谷は話を打ち切った。

「じゃ、おやすみ」

「おやすみ」

日渡は食堂を出ていき、上谷はテーブルの前でしばらく物思いにふけった。

心の中に四つ葉という劇団にたいする興味が湧き起こっていた。

スマホで「四つ葉　劇団」と検索すると、「劇団四つ葉」がヒットした。

今週の金曜日から十日間、「ゴトーを待ちながら」という舞台を東京の小劇場で上演する予定が出ていた。役者の顔も並んでいた。上谷が知っている顔は無論なかった。

上谷はスマホを閉じた。

22

シェルター。その言葉が、いつまでも真理明の頭にこだましていた。

私は本当に能見先生をシェルターだと思っていたのかな。そして、それを失ってしまったのかな。

分からない。ちっとも分からない。

言葉とともに、声が耳にこびりついていた。社長の日渡の声。

もの静かで、やさしげで、でもひとつひとつの言葉がはっきりしていて、深くて。

真理明が亡くなった父親を思う時、いつも父親には声がない。赤ん坊の真理明に話しかけてくれていただろうけれど、真理明の記憶には父親の言葉がないから、声も覚えていない。

日渡みたいな声だったらいいな、と思う。

チーンと、階下からお鈴《りん》の音が聞こえてきた。

千賀子がまた仏壇の前にいる。

なぜか、真理明の目に悠馬の姿が浮かんできた。真理明が彼の母親を批判したら、あっという間に態度を変えて、母親をかばった。

親子って、本来、そうなんだろうな、と真理明は思う。

真理明は机の前から立ちあがった。一階へおりていく。仏壇のある和室へ行った。

千賀子はまだ仏壇の前に座っていた。

仏壇にいるのは、真理明の父親だけだ。千賀子の両親は健在で、もし亡くなったら、千賀子の実家の仏壇に入ることになるだろう。それはきっと独身で実家にいる千賀子の妹、つまり真理明の叔母が守ることになる。

手を合わせている千賀子の横顔は、いつも見ている険しい表情ではない。寂しげで、悲しげだった。

ふっと、真理明は素直な気持ちになった。

「お父さん、どんな声だったの」

びっくりしたように、千賀子は真理明をふりむいた。

思わず声をかけたけれど、真理明はすぐに逃げ腰になった。千賀子と話をするのは何か月ぶりだろう。しかも、父親を話題にするなんて。

「この人はあんたのお父さんじゃないよ」

と、千賀子は言った。

身を翻しかけていた真理明の足がとまった。

なに？　この人、頭がどうかしちゃったの？

「お父さんじゃなかったら、誰なのよ」

「私が心から愛した人」

あ、そういうことか。

真理明は笑いたくなった。亡くなった夫の愛を子供と競うなんて、ガキだ。

だが、千賀子は少しばかり衝撃的な言葉をつづけた。

「あんたが男を連れこむようになったから話すけどね」

悠馬の存在に気づいていたのか。

真理明の中から笑いが吹き飛んだ。だが、すぐにもっと憎々しい笑いがこみあげてきた。男を連れこんだと思われたのなら、それでいい。どうせ心配なんかしやしないんだ。どんな罵声を浴びせてくれるの？

笑いではなく怒りで目を尖らせている真理明に、千賀子は叩きつけた。

「あんたのお父さんは、誰だか知らない。夜道で私をレイプした男」

真理明の脳は、すぐには千賀子の言葉を処理できなかった。

なにを言い出したのだ、この人は？

千賀子は、仏壇の夫の写真に目をやった。

「この人は、妊娠して途方に暮れていた私を支えてくれて、あんたのお父さんになってくれた。でも、本当のお父さんじゃない。それなのに、あんたをかばって、命を落とした」

真理明の足が震えだした。足の震えは、全身に伝わっていった。立っていられなくなって、座りこんだ。

「そっか。だから、あんたは私が憎いんだね」

ようやく分かった。自分は望まれない子供だったどころか、疫病神だったのだ。

真理明は両手をついて、生まれたての子馬のように立ちあがった。そうと分かったら、これ以上この家にはいられない。千賀子の世話になっているわけにいかない。

「憎まなきゃ」

千賀子の切れ切れの声が聞こえた。

「憎まなきゃ、英介《えいすけ》さんに申し訳ない」

ふりむくと、千賀子の目から一筋涙があふれて、頬を滑り落ちていた。

真理明は千賀子を見つめた。

千賀子は、グウにした右手で涙をぬぐった。

「あんたね、ちゃんと大学を出て、世間に役立つ人間にならなきゃ駄目だよ。そうでなきゃ、英介さんに申し訳が立たない。それまで、教育や衣食住はきっちり面倒みてあげるから」

涙をぬぐう手の間から、ちらりと真剣な表情が垣間見えた。これまで真理明が見たことのない、親の表情だった。

こんな時、なんと言えばいいのだろう。

いままでなら、冗談はよして、とでも言って、二階に駆け上がっていっただろう。でも、事実を知ってしまったいま、真理明はそっとつぶやくのが精一杯だった。

「ありがとう」

それでよかったのだろうか。

真理明が千賀子の胸に飛び込み、千賀子が真理明の体をひしと抱きしめる、そんな展開はなかった。いつも通り二階と一階に分かれて寝床に入っただけだった。真理明は一睡もできず、もしかしたら千賀子も眠れなかったかもしれないけれど。

23

十一月が間近に迫っていた。

十一月というのは、ラインティーチングにとって最も忙しい時期のはじまりだった。冬休みまで二か月を切るからだ。

冬休みとは、すなわち高校入試、さらには大学入学共通テストとそれにつづく大学入試を控えた休みということだ。当然、生徒は増えるし、講義は強化される。

おまけに上谷には余分な仕事が加わった。真理明の英語教授だ。

真理明が英語講師として上谷を指定してきた。上谷が教えてくれなければラインティーチングをやめるという脅迫つきだ。真理明一人くらい生徒を失っても、ラインティーチングは痛くも痒くもない。しかし、社長が命じた。真理明に英語を教えろ、それが一度かかわった人間の義務だろう。日渡に言われてみれば、その通りに思えた。それで上谷は週に一回、真理明に英語を教える羽目になったのだ。

能見から連絡が来ることはなかった。

能見家にあった遺体の身元が判明したのかしていないのか、マスコミで見かけることもなかった。

事件そのものが解決している可能性もある。しかし、能見の勤務先の上司という関係でしかない上谷や日渡に警察からなんらかの連絡が入るのは、期待薄だった。

もっとも、上谷は能見や能見家の遺体のことを忘れてはいなかった。忘れることは不可能だった。

十一月に入る直前の木曜日、上谷は何日ぶりかで半日ほどの休暇をとることができた。

倉木桜子の所属した劇団四つ葉の公演は、今度の日曜日に終了する。それを、上谷は記憶していた。

芝居を見に行ったからといって、能見の行方が知れるとは思えない。まして、警察が事件を解決したかどうかなど、分かるはずもないだろう。

ただし、倉木桜子という人物については、なにがしかの情報が得られるかもしれない。加えて、桜子をストーカーしていた人物についても。

上谷は、半日休暇を利用して、劇団四つ葉の公演を見に行くことにした。

公演は六時開始で、六時十分前に劇場に到着した。

上谷はコンサートに行くことはあっても、芝居を見ることはほとんどない。劇団四つ葉にどれほどのファンがいて、チケットの売れゆきがどの程度のものなのか知らなかった。また、その劇場のキャパシティも事前に調べていなかった。

劇場の切符売り場は閉ざされていた。チケットと料金をやりとりするアクリル製の小さな窓に「SOLD OUT」という表示板が出ていた。

上谷は、その表示板をしばらく未練たらしく眺めていた。せっかくの半日休暇に二時間も費やしてここまで来て、目的を達せられないとは思ってもみなかった。

チケット売り場の横をラフな格好の若者たちが通りぬけ、劇場の建物に入っていく。みな、急ぎ足だ。もうじき開始五分前のベルが鳴り響く。芝居を堪能するためには場内が暗闇に包まれる前に席に座り一息ついていたい、そんな気持ちが彼らの体から発散されている。

その様子に、上谷は少なからず残念な気がした。芝居はとても面白いのかもしれない。

だが、まあ、チケットがないものは仕方がない。能見の行方も、能見家の惨劇も、この芝居を見たからといって解答が得られるわけではないのだし。

上谷は、この先の時間をどう使おうかと思案しながらチケット売り場に背をむけた。

二メートルほど離れた先に、女性が立っていた。

年のころは二十四、五歳か。青と黄の縦じま模様のブラウスにブルージーンズの上着、同じ色のジーパンというラフな服装だが、どこかお嬢さま然としている。首を軽くかしげて、切れ長の目で上谷を見ていた。

上谷は女性の視線を無視して劇場を離れようとしたが、

「あの」

声をかけられた。

「はい？」

上谷は立ちどまった。

「お芝居、見にきたんですか」

女性は低いのによく通る声で訊いた。

「え？　ああ、でも、チケットが売り切れていて」

「私、一枚、余分に持っています」

女性は手に持っていた小さな紙片を示した。上谷はどういうことなのか咄嗟には判断できなかった。

「友達と来る予定だったんですが、その人の都合が悪くなって、一枚余ってしまったんです」

上谷は得心した。

「おいくらですか」

「五千円です」

スマホで調べていた正規の値段だった。

「ありがとうございます。買います」

上谷は、スーツの内ポケットから財布を出そうとした。

「お金は後でいいので、急ぎましょう。自由席ですから」

言うなり、女性は身を翻して劇場の入り口へむかった。上谷は小走りになってあとについていった。

劇場内に入って、驚いた。舞台と客席の間が本当に近かった。舞台から最前列の席まで二メートルあるかなしかだ。しかも客席といっても、すべてが十人掛けほどのベンチだった。それが二十脚前後並んでいる。そして、そのどれもがもう満席のように見えた。

女性は、最後尾のベンチに座っていた観客に「すみません」とささやいた。ごく自然に観客たちは膝送りをした。そして、ベンチに二人分の空間ができた。

開始五分前のベルが鳴り、場内から明かりが消えた。迷っている暇はなかった。上谷は、女性の隣に遠慮しいしい座った。体がぴたりと密着した。衣類越しに女性から伝わってくる熱に多少居心地の悪さを感じたが、それをなんとか払いのけた。

唐突に舞台に照明が降りそそぎ、芝居が始まった。


芝居は、思いのほか楽しめた。タイトルからベケットの「ゴドーを待ちながら」のパロディかそんなものかと思っていた。しかし、歌と踊りが多く、ミュージカルといってよかった。筋書きはあってないようなものだった。

役者たちは、歌も踊りも素人離れしていた。玄人《くろうと》なのだから、素人離れしていて当たり前なのだが、小劇団ということで、甘く見ていた。

桜子も、歌って踊れる女優だったのだろうか。ふと、考えた。この中でヒロインを務められたのだから、うまい女優だったにちがいない。


休憩なしの一時間三十分。芝居は終了した。客たちは盛んにカーテンコールをし（緞帳《どんちょう》はないのだが）、役者たちは都合六回カーテンコールに応えた。そして、六回目が終わると拍手が残っていても役者は現れず、明かりがついた。客たちはようやく席を立った。みな満足げだった。

そうして、上谷は思い知った。四つ葉は一見の客が楽屋に行けるような劇団ではない。桜子について話を聞くなどという手段は、上谷にはなかったのだ。

なんということだろう。なんのために貴重な休暇をつぶしたのか分からない。いや、芝居自体は面白かったのだから、いい休養だったと言えば言える。

上谷は椅子を立つ前に財布を出し、隣の女性にチケット代を支払った。

女性はにっこり気持ちのいい笑顔になって代金を受け取り、それから言った。

「楽屋に一緒に行きませんか」

「え？」

「友達が出ているんです。差し入れを持ってきたので、届けに行きます」

女性は、手荷物を持ち上げて小さくふった。

「お友達というのは、どの」

「白髪の老人です。でも、本当は若いんですよ。私の高校の一年先輩」

「ああ、あのうまい役者さん」

女性は嬉しそうに微笑んだ。

「その褒め言葉、彼女の前で言ってあげてください」

上谷はうなずいた。もしかしたら、願ってもない申し出なのかもしれない。

もっとも、桜子を知っている人物と会ったとしても、なにを聞いたらいいのか、上谷にはもう分からなくなっていた。日渡なら的確な質問ができるのだろうと思いながら、女性のあとについていく。

女性が松浦聖子《まつうらせいこ》という名前であることと、友達が和泉《いずみ》さやかという芸名であることを、楽屋に行くまでの短い間に知った。

楽屋には出演者全員がいて、ごった返していた。着替えている最中の者、着替え終わった者、まだ衣裳のままの者、化粧を落としている者。

松浦は、戸口で手をふった。一人の女性がそれを目敏《めざと》く見つけた。人垣を上手にかきわけて寄ってきた。

「来てくれたんだね」

カラスの濡れ羽色のショートヘアに真紅の長袖Tシャツ、枯れ葉色が基調の格子柄のロングスカートをはいている。すぐには分からなかったが、舞台で白髪の高齢者を演じていた和泉さやかだった。

化粧を落とした素顔が卵のむき身のようで、眩しいほどきれいだ。上谷は思わず目を細めていた。

「もちろんだよ」

と、松浦は言った。

「彼氏と仲直りしたの？」

和泉の視線が上谷に流れた。上谷は面食らった。

「ちゃう」

松浦は手を左右にふった。

「この人は上谷さん。ソールドアウトしていたチケット売り場にいたので、余っていた一枚を売りつけたの」

和泉は、少し驚きを含んだ目になった。上谷にむかって丁寧に頭を下げた。見に来てくださってありがとうございます。そういう頭の下げ方だ。上谷はなぜかどぎまぎした。

松浦は、ショルダーバッグから有名ブランドのロゴが入った箱を取り出した。

「これ、チョコレート。みなさんで食べて」

「ありがと」

和泉は箱を受け取りながら、まだ上谷に目をむけていた。

「芝居は気に入っていただけました？」

上谷はうなずいた。

「とても面白かったです」

好きな女の子の前に出た中学生みたいに語彙力ゼロの感想しか言えない。頰が上気しているのではないかと気になった。

和泉は白い歯を見せた。

「よかった」

場違いな服装をした場違いな年齢の観客に、不審を抱いていたのかもしれない。そう思い、早口で言った。

「実は、倉木桜子さんのことを尋ねたくて」

「倉木……」

和泉の顔を驚愕が走り抜けた。上谷の隣で松浦の体もこわばった。

「なに、あなた、ダイスケの回しもの？」

和泉は、上谷の喉を絞めそうな勢いで詰め寄ってきた。

その声は、楽屋じゅうに響いた。団員たちがいっせいに上谷をふり返った。彼らの目にも、上谷の喉を絞めあげようという迫力が籠もっていた。

上谷は仰天して頭を大きくふった。

「ダイスケって、それが桜子さんのストーカーですか。ちがいます。僕は桜子さんと一緒にいたかもしれない能見という女性の雇用主です、でした」

「能見先生？」

松浦がそこに反応した。上谷は訝りながらもいくぶん安堵して訊いた。

「能見さんを知っているんですか」

「ええ。高校生の時、予備校で桜子と一緒に能見先生の英語のクラスを受講したので。桜子は能見先生と一緒にいるんですか」

「いるかいないか分からなくて、能見さん自体が行方知れずになってしまったので」

松浦は「まあ」という口の形をしてから、素早く口元を掌でおおった。

和泉が自分のこめかみに人差し指を当てながら言った。

「どうやら少しお話をしたほうがよさそうですね」

和泉は、松浦が渡した箱を背後にぽいと放り投げた。

着替え途中で上谷たちの会話に注意をむけていた役者の一人が、それをキャッチした。放るほうも受けとめるほうも、前もって練習していたのではないかというような鮮やかさだった。

「友達の差し入れ。みんなで食べて。私、二人とミラージュに行く」

ミラージュとはなんぞや？　と思いつつ、上谷は和泉のついてきてという素振りにひきずられて歩きだした。

24

ミラージュとは、近くのカフェだった。

今夜の芝居の観客が多数いたが、役者の和泉をまじえた上谷たちが入っていっても、ざわめくことはなかった。和泉に人気がないからなのか、最近の若者気質なのか、あるいはスッピンの和泉が役者だとは誰も気づかなかったからなのか。

店内は広かったが、あいているテーブルは店の片隅の二人用のものだけで、上谷たちはそこで我慢することにした。

ほかのテーブルから一脚椅子を調達して座ると、上谷は女性二人に名刺を渡した。

「あ、ラインティーチングさん。知っている。妹の彼氏が受講している」

松浦が言い、和泉が目に好奇心をたたえて上谷を見た。

「へえ、そこの副社長さん？　お若いのに！」

「いえ、たいして若くもないですよ」

上谷は咳払いをし、本題に入った。

「能見さんは春からうちに勤めていたのですが、二週間ほど前、失踪してしまったのです」

「失踪した」

和泉が言葉の意味を嚙みしめるようにつぶやいた。

「それで、能見さんに教えられていた生徒が能見さんの行方を捜しはじめたので、私も同行して能見さんの住まいに行ったのですが、もぬけの殻でした。衣類さえほとんど残っていませんでした」

店員が注文をとりにきた。三人ともなんの吟味もせず、ブレンドコーヒーをたのんだ。

「それで、どうして桜子が能見先生と一緒だと分かったんですか」

店員が去ると、和泉が訊いた。

「そのあと、能見さんの本籍地を訪ねて、彼女が倉木さんと一緒に暮らしていて、そこでも一年ほど前に二人そろって家からいなくなったことを知ったんです」

上谷は、能見家から遺体が見つかったことを話すべきかどうか考え、やめた。遺体が誰か分からない以上、二人を混乱させる情報にしかならないだろう。

「逃げ回っている……」

松浦がつぶやいた。上谷はすかさず訊いた。

「誰からです。倉木さんにはストーカーがいたようですが、その人からですか」

松浦と和泉は顔を見合わせた。

「どうしてそれを知っているんですか」

和泉がややきつい口調で訊いた。

「倉木さんのご両親からメールをもらったからです。私が、ではなく、私の同僚が、ですが。同僚は、尋ね人を扱うサイトで倉木さんのご両親が倉木さんの情報を求めているのを見たということで、接触したそうです」

松浦は唇を嚙んだ。

「やはり尋ね人に出しちゃったんですか、ご両親。ダイスケが見たら危ないからやめるように忠告したんだけれど」

「ストーカーはダイスケというんですね」

注文の品が運ばれてきた。テーブルにコーヒーを置いて店員が立ち去るまで、三人は口をつぐんでいた。

最初に沈黙を破ったのは和泉だった。

「ダイスケはニックネームで」そこで和泉は小首をかしげ、「というより、隠語かな。また、あいつが来ている、みたいなことをしゃべる時の。本名は大聖館公介《だいせいかんこうすけ》というちょっと変わった名字で、江戸末期に新しく流派を興した華道だったか茶道だったかの創始者の流れを汲む資産家のお坊ちゃま、という触れ込みだったわ。楽屋に最初に薔薇の花束を抱えて現れて、桜子に挨拶した時は」

「本当にそういう人だったんですか」

「さあ。お金を持っているのは本当だったわね。高価な時計だのバッグだのを桜子にプレゼントしていたし、私たち団員にも高級レストランで奢《おご》ってくれたことがあったから」

「で、桜子さんはダイスケとつきあうようになった？」

この問いには松浦が答えた。

「誘われればデートしたし、プレゼントをつっ返すこともなかったけれど、彼に心を許していたわけじゃないと思うわ。彼女の両親は結婚を望んでいたみたいだけれど」

和泉が目を丸くした。

「そうなの？」

松浦は和泉にうなずいた。

「大学中退して劇団に入っちゃったから、先行きが心配だったらしい。ダイスケがいい就職先だと思ったんでしょう」

　和泉は誰もいない空間を睨みつけた。

「桜子の才能をこれっぽっちも信じていなかったんだね。そりゃ、四つ葉は小さな劇団で、収入になるというよりは逆にアルバイト代を貢いでいるみたいなものだけれど、桜子には早晩大きな仕事が舞い込むだろうと、みんな思っていたのに」

　それから和泉は、睨みつける目のままで上谷に説明した。

「彼女の芝居は、本当に格上だったんですよ。どんな役でもやりこなせて、ビロードみたいな惚れぼれする声で歌って。今日の私の役、桜子はたった二十歳でやったんだけれど、私とちがって本物の老婆にしか見えなかった」

　あなただって本物の老婆に見えましたよ、と言うのを上谷がためらっているうちに、松浦が話しだした。

「本当は、私が劇団のオーディションを受けに来て、桜子は付き添いだったんです。それが、柳井さん、劇団長さんに桜子もテストを受けるように言われて受けたら、私が落ちて、桜子が受かっちゃったんです」

　松浦は、視線をテーブルに落とした。

「私が桜子に付き添いを頼まなければ桜子は劇団員にならなかったし、劇団員にならなければばダイスケに目をつけられずに今ごろはツアーコンダクターになっていたかもしれないのに」

　指でそっと目のふちをぬぐった。

「桜子さんはツアーコンダクターになりたかったんですか」

「ええ。世界中を旅するのが夢だと言っていました。だから、英語の授業にはすごく熱心で。講義の終わったあと、よく能見先生に疑問点を聞きに行っていました。それで、能見先生とはほかの生徒より親しくなれたんだと思います」

「ダイスケから逃げようとした時に能見さんに救いを求めるほどに？」

「ええ、救いを求めるほどに」

　そして、もともとボランティア精神の豊かだった能見は、期待通りに桜子のシェルターになったわけか。

「ところで」と、上谷は肝心な点を思い出して訊いた。「親にも行方を知らせずに逃げなければならないような、どんなひどいことをダイスケは桜子さんにしたんですか」

　二人の若い女性の表情が硬くなったので、上谷は言い添えた。

「もしよければ、聞かせてください。私は命の危険を感じるようなことではなかったかと想像しているのですが」

　松浦が口を開いた。どこかにダイスケが潜んでいないかというように黒目をあちらこちらに泳がせながら、声を落として、

「実は、桜子の親がダイスケに借金をしたんです」

「え」

「詳しいことは分かりませんが、お父さんが経営していた会社が倒産しかかっていて、それで。ダイスケはそれを盾に、桜子に結婚を迫ったんです。でも、桜子はてんでその気がなくて、断ったんですよ。そしたら、今すぐ借金を返せ、と。あの、ほら、よく聞く無法な借金取りみたいに、家や劇団に電話したり押しかけて騒いだり」

　上谷が想像していたハラスメントとは、だいぶ異なっていた。しかし、しょっちゅう騒ぎを起こされたら、自分さえいなければ、と思っても無理はないかもしれない。

「それで、桜子はある日突然みんなの前から姿を消してしまったんです。最初、私たちは桜子がダイスケに連れ去られたんじゃないかと思っていたんですが、劇団が匿っているのではないかとダイスケがしつこく四つ葉の事務所にやってくるようになったと聞いて、それはないかな、と」

　和泉が口をはさんだ。

「はじめは、自分が連れ去ったのをカモフラージュするために事務所に来ているんじゃない

かと疑ったんだけれど、あの様子ではどうやらダイスケの仕業ではないと、みんな思うようになったんですよ」

「そうそう。それに、ご両親も劇団に桜子の行方を教えるように迫ったんでしょう？」

和泉は悔しそうにうなずいた。

「桜子が心配だったからだと思っていたけれど、いまの話を聞くと、桜子の両親は桜子をダイスケにさしだしたかったのかもしれないね。でも、知らないものは教えることができないでしょう。そのうちに、ダイスケもご両親もうちには来なくなったわ。うちが匿っている線はないと判断したんでしょうね」

松浦は、煎じ薬を含んだよりももっと苦い顔をして言った。

「尋ね人サイトに桜子のご両親が名前を載せているということは、まだ諦めていないんだね」

「借金の帳消しだけじゃなく、ダイスケの資産に魅入られているのかもね」

二人のやりとりを聞きながら、上谷は考え込んだ。

能見家にあった遺体の一方がダイスケなら、倉木夫婦は桜子を求める必要はなくなっただろう。借金の取り立てがなくなっただろうから。しかし、夫婦は未だに桜子を捜している、ネットを使ってまで。ダイスケはまだ生きているのだろうか。能見家にあった遺体はダイスケではなかったのだろうか。

いや、むしろこういうことかもしれない。ダイスケが来なくなったから、夫婦はあらためて娘を捜そうという気になったのだ。彼らだって、鬼や蛇ではないのだから、娘の行方が心配でないわけはないだろう。

「桜子がまた姿を消したということは、ダイスケがとうとう桜子の行方をつきとめたということなのかな」

和泉と松浦が話している。

「でも、能見先生まで一緒にいなくなることはないんじゃない」

「二人そろってダイスケに連れ去られたとか」

松浦は、号令をかけられたかのようにびくりと背筋を伸ばした。顔色が青くなっている。

「ダイスケにとって能見先生は余分な人だよ。桜子と一緒に連れ去られたあとで、そのあとで……」

松浦は上谷をふり返った。

「能見先生、大丈夫でしょうか」

上谷にむけられた眼差しが恐いほど真剣だった。

「私に聞かれても……」

と応えるしかない。が、松浦はそんな返事など耳にしていないらしく、

「二人を捜し出してください、お願いします」

上谷に深々と頭を下げた。

和泉の黒目がちの目も、突き刺すように上谷を凝視している。

またしても、能見の行方を自分に託す人物が増えてしまった。上谷は心の中で溜め息をついた。

25

ダイスケ、大聖館公介とは何者なのか。

桜子の両親に、額は不明なものの、とにかく会社の窮地を救うレベルの金銭を貸与するだけの資産があるのだから、ある程度世の中に名を知られた人物なのではないか。

そう推測し、上谷はネットで大聖館公介を検索してみた。

すぐにヒットした。

「柏葉市北山町の民家で発見された遺体の一人は、作家の大聖館公介さん（当時28歳）と確認された。警察は殺人事件と見て、捜査を進めている。」

一般紙の柏葉市版だった。二日前の記事である。なんと、遺体の身元はすでに知られていたのだ。

大聖館は作家だったのか。上谷の知らない名前だが、上谷が近年の作家にさほど精通していないせいかもしれない。

作家としての大聖館について探る前に、もう一体あった遺体の身元が判明しているかどうか気になった。柏葉市版なら報じられているだろうか？

上谷は、試しに能見奈々子の名前を検索してみた。

「能見奈々子―原宿予備校が誇る英語講師の一人。

その講義の分かりやすさと親しみやすい人柄、生徒一人一人に対する目配りで、絶大な人気を得ています。」

何年も前の原宿予備校の宣伝が出てきただけだった。

つまり、能見家で発見されたもう一方の遺体が能見奈々子だとはまだ確定していないということか。あるいは、能見の身元判明は、記事になっていないだけなのか。

上谷は、大聖館の検索に戻った。

最新の新聞記事以外に、もう一件あった。やはり小さなものだ。

さっきは、遺体の身元が確認されたという先の記事と同じものだと思い、目をむけなかった。しかし、ちがった。十年以上も前の記事だった。

「第1回アクション小説大賞を高校生が受賞。

大聖館公介、本名・佐藤一郎さんの『ウソはいつでも美しい』がネット書館の第1回アクション小説大賞に選ばれた。作品は10月に電子書籍として発行される。」

大聖館公介はペンネームで、佐藤一郎が本名だったのか。

信じかけて、上谷は首をひねった。

それはおかしい。

能見家の遺体は、大聖館公介と報じられているのだ。普通、事件の被害者は本名で報じられるものだろう。もちろん、有名人で、ペンネームとか芸名とかのほうが世間に通用しやすいということがあり、その名が使われることはあるかもしれない。しかし、その場合でも、括弧書きかなにかで本名が記されるはずだ。

しかも、大聖館公介は有名人ではない。アクション小説大賞の受賞作以外、彼の著作が世に出た形跡はないのだ。

端末を前に考え込んでいると、背後で日渡の声がした。

「どうした」

上谷は、自分の執務室で端末に見入っていた。日渡が入ってきた気配は露ほどもなかった。だから、驚いた。体を大きく震わせてしまったくらいだ。

上谷が驚いたことで、日渡のほうも驚いたらしい。

「失礼」

日渡は、自分をふり返った上谷に言った。

「俺が入ってきたことに気がつかないほど夢中で見ている、それはなんなの」

「あ、これ？　桜子のストーカーの記事」

「何者か分かったんだ」

上谷は、松浦と和泉から仕入れた知識を手短に話した。さらに、能見家で発見された遺体の一方がダイスケだと判明していたこと、しかし本名とペンネームの謎が生じていることを説明した。

日渡は自分の顎をくいと一撫でし、それから言った。

「おそらく大聖館公介が本名で、本名だとした佐藤一郎が偽名だろうね」

まばたきする間もない即答だったので、上谷はさすがに怪しんだ。

「なんでそう言えるの？」

「警察が遺体を大聖館だと断定したんだろう。彼は車で能見家を訪れていたということだから、運転免許証を持っていたはずだ、彼を殺した犯人が持ち去らなかったかぎり。その運転免許証が大聖館の名前だったにちがいない」

「でも、じゃあなんで、アクション小説大賞受賞の記事では本名が佐藤一郎になっていたんだろう」

上谷は、そこに頭を悩ませていたのだ。日渡はこれをもたやすく解いた。

「賞には本名で応募したけれど、受賞したら名前を隠したいと思う事情があったんだろう」

「どんな事情」

「そんなことは本人に聞いてみなければ分からない」

快晴の空のように、まったく迷いのない返答だ。

日渡は後ろから手を伸ばして、端末のキーボードに触れた。検索エンジンを出し、「大聖館」と打ち込む。

いくつか記事が現れた。しかし、人名ではない。児童養護施設の名称だった。

養護施設が開設したブログもあったが、それとは別に新聞ネタになったものが何件かあった。同じ事柄にかんする一連の記事である。

要約すると、次のようになる。

大聖館の門口に、二十九年前、へその緒がついたままの赤ん坊が置き去りにされていた。

大聖館は赤ん坊を警察に届けたが、親は発見されなかった。市や児童相談所と協議した結果、そのまま大聖館が預かることになった。名字を、児童保護施設の名称をとって「大聖館」とし、下のほうは施設長が「公介」と付けた。

つまり、「大聖館公介」だ。

二十九年前だから付けられた名前が載ったが、いまだったら秘匿事項だろう。

「ストーカーのダイスケのこと、か」

「だろうね。珍しい名字だから、同姓同名ということはないだろう」

「養護施設には十八歳までしかいられない規定だったね、ダイスケの時代には」

上谷は大学生のころ養護施設の子供たちの勉強を見るボランティアもしていたので、覚えている。子供たちは、十八歳になるとともに施設を出て独り立ちしなければならなかった。わずか十八歳で周囲に頼れる人のいない環境に放り出されるというのは、おそろしく過酷なことだったにちがいない。しかし、ダイスケは施設を出た十年後、資産家として桜子の前に現れ、実際桜子の親に資金を提供している。

「小説家として成功したんだろうか」

「だったら、世間に名前が知れ渡っているだろうし、第一、能見の家で殺された時点で行方不明になったわけだから、出版社がこの一年彼を血眼になって捜していただろう。そういう話は聞いたことがない」

日渡はもっともな指摘をする。

「佐藤一郎という名前で執筆していたのかも」

無駄と分かっていながら、上谷は検索エンジンに「作家　佐藤一郎」と打ち込んだ。

「佐藤一郎」の名前は山をなしたが、作家の「佐藤一郎」はヒットしなかった。

「まあ、幽霊作家として稼いでいたのかもしれない」

「幽霊作家？」

「有名人の代筆なんかをする作家」

「なるほど。アクション小説大賞を主催したところに聞けば分かるかも」

上谷はすぐさま「アクション小説大賞」と打ち込んだ。

Wikipediaに項目があった。それによれば、「アクション小説大賞」は或るゲーム会社の主催した文学賞で、たった二回で終了したという。ゲーム化しようとした二回目の大賞作品が盗作と分かり、すったもんだの挙げ句、そのゲーム会社まで倒産してしまったということだ。

「これじゃ、ダイスケが作家としてのキャリアを積む土台にはならないな」

日渡は断じてから、訊いた。

「ところで、ダイスケの経歴を調べてどうするつもりなの」

いかな」

「ダイスケはすでに死んでいるのだから、能見の行方を捜す手がかりにはならないのじゃな

「え」

　そう言われればそうだ。

「ダイスケの出生を知ったら、ちょっと興味が湧いてしまって。殺されていい人間じゃなかったんじゃないかと思う」

「殺されていい人間……」

　日渡は口の中でつぶやいてから、真顔で言った。

「上谷は、殺されていい人間がいると思うのか？」

　上谷は言葉に詰まった。そういうことを言ったように捉えられたか。

「いや、俺は決してそんなつもりで言ったんじゃないよ。この世界に、殺されていい人間がいるわけはない」

「ほんとかな」

　そう言った日渡の目の光があまりに強かったので、上谷は当惑した。

「殺されていい人間がいる、とでも？」

　日渡は、腰を据えて話す気になったのか、上谷の隣の椅子に座った。

「そうだな、たとえばタイムマシンがあったとして」と、上谷の予想外のところからはじめた。「総統になる以前の、絵描きになることを夢見ていたヒトラーの時代に遡《さかのぼ》ることができたとする。その時点で彼を殺すことは悪か、それとも善か」

上谷は座っていた回転椅子を半回転させ、真正面から日渡にむいた。だが、歯切れよく答えることはできなかった。

政治家になる以前のヒトラーは、ただの不遇な男だった。だから、その時点で彼を殺すのは造作もなかっただろう。彼一人を殺せば、ユダヤ人をはじめとして、第二次世界大戦で散った命を救うことができる。東部戦線だけでも推計約三千五百万人が死亡したと言われているのだ。

ヨーロッパだけでなく、アジアの歴史も書き換えられていたにちがいない。ドイツがヨーロッパに侵攻しなければ、日本も南進の計画をせず、早急に戦争を終結させていた可能性があるからだ。その分、推計三百万人前後という日本人の犠牲者だけでなく、日本が南進した国々の人たちも死を免れたにちがいない。

とはいえ、ただの無力な男であったヒトラーを殺すことが善かと問われれば、途方に暮れる思いがある。

「それはまあ……善なる殺人かもしれないが……しかし、怪我をさせる程度じゃどうだろう。

政治的な活動ができなくなる程度の怪我」

つっかえつっかえ言う上谷を、日渡は目を細くして見た。

「なるほど。そういう手もあるな。しかし」

「しかし？」

「もしかしたら、活動不能の怪我をしても、いや、活動不能の怪我をしたらなおさら、ヒトラーは残虐性を発揮するかもしれない。政治家とはべつの存在として」

「力もないコネもない身体障がい者に、どんな残虐性が発揮できるというんだい」

日渡は首をふった。

「それは俺には分からない。もしかしたら、施療院からたいそうなプロパガンダを発して、国民を魅了し、結果的に手足になる人物が現れて、ヒトラーの願望を実現するかもしれない。要は」日渡は、人差し指を自分の頭にピストルみたいに突きつけた。「彼の頭脳が存在するかぎり、あのジェノサイドと戦争は実現の可能性が無ではないということだ」

上谷は生唾を飲み、かろうじて言い返した。

「じゃあ、ヒトラーをいわゆる植物状態にすればいいんだ」

日渡は、ゆっくりと一回まばたきした。

「それで、殺人は悪だという疾《やま》しさから解放されるなら、それでもかまわないけれどね」

生きているのに身動きもできず他者とのコミュニケーションもとれない、死ぬのとどっちが辛い？　日渡はそう言いたいのかもしれない。

普通の人間なら、いずれ治療方法が発見されるかもしれないのだからそういう状態でも生きている価値がある、と言い返せる。だが、ヒトラーの場合は、たとえ治療法が見つかってもそれを応用してもらっては困るのだ。だから、殺すのと植物状態にするのとどちらが悪かと問われたら、上谷にはどう答えていいか分からない。

分からないが、それでも——。

「殺したくない。ヒトラーがヒトラーにならないように、なんとか力を尽くしたい。たとえば、画家の道で成功できるように、といった方法で」

日渡はしばらく無言だった。上谷の顔を恥ずかしくなるくらい長々と見つめていた。それから言った。

「上谷はやさしいな」

表情にも口調にも皮肉のかけらもなかった。むしろ、羨望がほの見えた。

上谷が息苦しくなる前に、日渡は視線を離した。ひとつ欠伸《あくび》をし、いつもの落ち着いた調子で言った。

「そろそろ寝たいんで、本題に入っていいかな」

「本題？」

「用事もなく副社長の執務室を訪ねたわけじゃないよ」

上谷はここが執務室であることを思い出した。自室とは異なる仕様なのに、日渡が背後に立った瞬間から自室にいるような気分になっていた。

「というと、どんなご用件ですか、社長」

照れも手伝って、ちょっとふざけた言い方をした。いや、本来なら、こういうのが社長にたいする正しい言葉遣いなのだろうが。

「池島リーダーにかんしてだ。彼は馘首を言い渡してからすっかり連絡を絶ってしまったが、至急捜さなければならない事実が判明したんだ」

「というと？」

「名簿を持ち出した可能性がある、教員と生徒の両方の」

上谷は、日渡の言葉の意味を理解するのに数秒かかった。信じられなかったのだ。

池島は人事リーダーだった。だからもちろん、教員の名簿は管理していた。しかし、生徒の名簿の管理者は日渡と上谷だった。氏名と選択科目へのアクセス権は池島にもあったが、直通以外の連絡先にはアクセスできないシステムになっていた。

「本当なのか？　どうして分かった」

「新しい人事リーダーが日中、某所に住む教員をその近くに住む生徒と直接面接させるのはどうか、と提案してきたんだ。どうしてその生徒が某所の近くに住んでいると知ったのだと尋ねると、だって私にアクセス権のある教員用ファイルから生徒の名簿が見られますから、と言うんだ」

上谷は驚くと同時に呆れた。

「池島は、生徒の名簿を人事リーダーの教員用ファイルに紐付けしていたの？　そして、そのまいなくなったの？」

「そういうことだ」

「でも、じゃあ、外部に持ち出したとは限らないんじゃ……」

「いや。エンジニアに調べてもらったら、コピーした形跡が残っていた。日付的には馘首を言い渡す前のことだが」

「言い渡す前……一体なぜコピーしたんだ。転職を考えていたのか」

生徒と教員の名簿を持ってほかの塾にいい条件で雇われようとしていたとしか考えられない。

日渡は表情も変えずに言った。

「それは本人に聞かなければ分からない。それで、だ」

「ああ？」

「池島の家を急襲しようと思う」

なるほど、と上谷はうなずいた。

「明日朝」日渡は、ちらっと端末の時計に目をやった。「いや、もう今日だな。今日の六時。いい？」

あと五時間もない。池島の住まいは隣の市だったはずだから、車で四十分はかかるだろう。とすると、四時間後。

「俺も、行く？」

「行きたくなければいいが、行ってくれたほうが助かる。どんなことになるか分からないから」

「そうだね。行くよ」

「じゃ、五時に。おやすみ」

日渡は立ちあがって部屋を出ていきかけ、ふとふり返った。

「ダイスケが佐藤一郎を名乗ったのは、平凡な名前がほしかったからだろうな。自分の出自を暗示するような、大聖館公介ではなく」

そして、出ていった。

26

日渡の運転する車が池島の住むスカイハイツというアパートの前に停まったのは、午前六時一分前だった。日渡は時間に正確な人間なのだ。車をおりてアパートの外階段をのぼり、池島の部屋の前に立ったら、六時ちょうどになるだろう。

スカイハイツは三階建てで、外壁は薄い空色に塗られ、外階段の手すりも剝きだしではなく外壁と同様の空色をしたモルタルが塗られていた。

上谷も日渡も池島の住まいを訪ねたことはない。しかし、三〇五号室という部屋番号からあたりをつけて、階段をのぼっていった。

二階には二部屋しかなく、二〇四号室が階段をのぼった右手に、二〇三号室が左手にあった。とすると、一階の部屋には一〇一号室と一〇二号室があるのだろうと、上谷はどうでもいいことを考えた。

三階にたどりつき、日渡が三〇五号室のドアフォンのボタンを押した。

二、三分待ったが、応答はなかった。
「家に帰っていないのか」

上谷はつぶやいた。

「郵便受けを見てくる」

言うなり、日渡は階段を駆けおりていった。なんのために、と上谷が考える暇もあらばこそ、戻ってきた。首をふりふり言った。

「駄目だ。郵便受けに新聞はたまっていない。たまっていれば、事件かもしれないと、警察を動かせるんだけれど」

「池島は紙の新聞をとっていなかったんじゃないの」

「かもしれないな」

「血の臭いがするとかなんとか言って、交番に駆け込む手は？」

上谷は、能見家で日渡が使った手を思い出して言った。半分冗談だったが、日渡は「やってみるか」と応じた。

「え？」

「血の臭いはしないが、池島と連絡がとれなくなって十日近く経つ。異常事態として警察に訴える手はある」

「だって、仕事がなくなったから旅行にでも行っているのかもしれないよ」

日渡は上谷の唇に人差し指を当てた。

「それは言わない」

上谷は赤くなった。なぜ、と聞くのも恥ずかしかった。

「きみはなにも言わないでいたほうがいいな。俺にすべてまかせてくれ」

上谷はうなずいた。そのほうが助かる。日渡がどういうふうに話をもっていくのか想像もつかないが、そうである以上、すべてまかせるのが無難だ。


日渡にすべてをまかせた結果、近くの交番の巡査は池島の部屋を訪問することを承諾した。なんのことはない。日渡は、池島を馘首にしたことは明かさず、無断欠勤が十日近くもつづいていて心配だと言ったのだった。

「新聞受けに新聞がたまっているなんてことはありません。彼は電子版の新聞を契約しているということですから」

とも言った。

巡査は、池島の部屋の合い鍵を得るためにスカイハイツの管理会社に連絡をとった。なにしろ早朝だったから、管理会社に連絡がつくのに、嫌というほど待つ羽目になった。

塾の始まる時間に経営のツートップが予定外の留守にしているのは、問題だ。ベテランの人事リーダーがいたころならまだしも、新しい人事リーダーは働きはじめてわずか一週間である。それで、一人が帰ることになった。残ったのは、もちろん、警察相手に臨機応変に対応できる日渡だった。

上谷は、会社の始業時間にぎりぎり間に合った。

端末の前に座っていつも通りネットで社員たちと挨拶を交わし、一日の予定をチェックし、授業が開始になると滞りがないかどうか気を配りながら、あがってくる書類やメールに目を通し、判断したり、決裁したり、返信したりする。

午前の一コマが終わったところで一息つき、日渡に考えがおよんだ。

彼はなぜ池島の部屋に入りたがったのだろう。なにを想像していたのだろう。部屋に入ったからといって、池島の姿がなければ生徒たちの連絡先を回収することはできないのではないか。端末ごと持ち帰るつもりなのか。いやいや、警察官と一緒なのだし、端末を失敬してくることなど不可能だろう。

そのころ、日渡は、やっと池島の部屋の鍵を持った不動産屋を迎えたところだった。

初老の不動産屋はまず「池島さん、いいですか。入りますよ」とドアフォンにむかって言い、それから鍵を鍵穴にさしこんだ。

カチッという音がした。

開いた。

巡査がドアノブをひっぱる。

開かない。

「あ、内開きドアなんです」

と不動産屋が言い、巡査は内側にむけてドアを押した。

ドアは一センチほど開いて、止まってしまった。

「え」と、巡査は声をあげた。「なにかが妨害している」

巡査は細くあいた隙間から中を覗いた。

「ドア・チェーンがかかっている。つまり、中に誰かがいるんだ。それなのに、応答がない」

巡査は顔を赤くした。この巡査は、柏葉市で日渡が能見家に引っ張っていった巡査と異なり、配属されたばかりのような若い男子だ。それでも、なにかを想像したらしかった。

ドア・チェーンを断ち切るために署から専門の職員を呼ぶことになり、そこでまた時間を要した。こうして、日渡が池島宅に入れたのは、上谷が間もなく昼の休憩に入ろうという時間帯だった。

玄関を入ってすぐが四畳半ほどのダイニングキッチンになっており、正面に引き戸式のガラス戸があった。ガラス戸のむこうは明るい。

「六畳大の洋間です」

不動産屋が説明した。

右手にはドアがあったが、そこはトイレ付きバスルームだということだった。みんなの神経はガラス戸に集中していた。

「池島君、いないの。上がらせてもらうよ」

ドア・チェーンを断ち切る音にも反応していないのだから応答があるわけはないのだが、日渡は一応そう声をはりあげた。

洋間から音がした。サーッという、なにかを開くような音だった。

日渡の心臓の鼓動が爆発的に高まった。いわれのない危機感が背中を押した。

靴も脱がず、部屋に上がった。まっすぐガラス戸にむかう。

戸を開くと、冷たい空気が頬を撫でた。正面の掃き出し窓があいていて、そこから風が入ってきているのだ。

掃き出し窓のむこうに、ピンク色の塊が見えた。

日渡は窓に飛んでいった。

ピンク色のジャージに身を包んだ人影が、バルコニーの手すりから身を乗り出して地上を見おろしていた。

日渡の気配を察したらしい、人影がふり返った。

桜子の顔立ちだった。その大きな両の瞳には涙があふれていた。

桜子がなぜここに、という疑問が日渡の胸を掠《かす》めるより早く、

「どうしてもっと早く来てくれなかったの」

か細い叫びが空気を震わせた。

桜子の上半身が高く持ち上がった。

「待って」

日渡は全力で両手を伸ばした。

27

日渡がラインティーチングに帰ってきたのは、夜の十一時すぎだった。

上谷は食堂でカップ麺の夜食をとっていた。

日渡は、食堂にふらりと入ってきた。

髪が乱れ、ネクタイの結び目がワイシャツの第二ボタンまで緩められていた。いつどんな時でも隙のない姿で帰宅する日渡にしては珍しいことだった。

「遅かったね」

上谷は言った。池島の部屋を検めたら、すぐに帰ってくるものと思っていた。にもかかわらず、食堂に姿を見せるまでメール一本よこさなかった。こちらからは再三再四連絡をとろうとしたが、スマホの電源を切っているらしく一度もつながらなかった。

「ああ。警察に引きとめられていたからね」

「また警察なの」

また死体なの、と訊くのを心が嫌がった。

日渡は、ブラックコーヒーを淹れて、上谷のむかいに座った。

「だから、名簿を取り返すことはできなかったけれど、でも、まあ、いいさ。池島君にはもう使えない」

上谷は重く溜め息をついた。

「死んでいたのかい？　まさか首を苦にして自殺したわけじゃないよね」

「まさか！」

と、日渡は汚いものを吐き捨てるように言った。死者について語るにしては冒瀆《ぼうとく》的すぎる調子だった。

「死亡の理由を知っているの？」

「詳しくは知らない。しかし、想像はつく。聞きたいか」

上谷は日渡の目を見た。地獄の釜でも覗いたような底暗い目つきだった。

「聞きたい」

上谷は、惑いつつも言った。

日渡は頭をのけぞらせて、細く息を吐きだした。考えをまとめているふうだった。やがてコーヒーを一口飲み、それから話しはじめた。感情を読みとれない、抑えた語り口だった。

「まず、池島がどういう状態で発見されたか言っておこう。彼はバスタブで茹でられている最中だった。すでに顔の肉も溶け出していて、だからそれがまちがいなく池島だと警察が断定するのは、少し先になるだろう。だが、俺は一応、警察にそれが池島だと言っておいたし、池島だと信じている」

上谷は衝撃が大きすぎて、なにも言えなかった。

「そして、池島をそんなふうにしたのは、部屋にいた倉木桜子にちがいない」

上谷は耳を疑った。なぜ桜子がここに登場するのだ。しかも、殺人犯として。

「本当に倉木桜子なのか」

「俺は警察に、彼女が倉木桜子だということを、写真を見たことがあるだけなので不確かだという条件つきで証言した。その後、彼女の両親が呼ばれて首実検したから、倉木桜子だと確認されている」

「そうなのか。しかし、なんで桜子が池島のところにいたんだ。二人の接点は……」

途中で気がついて、言った。

「能見か」

言ってから、脳裏がカオス状態になった。

「能見と桜子がアパートから消えて、桜子だけが池島の部屋にいて、しかも桜子は池島を殺した。なにがあったんだ」

日渡は眼鏡をはずした。両の目尻を指でごしごしこすってから、眼鏡を戻さずどこか茫洋とした顔つきで言った。

「俺たちが雇っていた池島が、とんでもない悪事を働いたということだ」

ますます分からない。

「もっと分かるように説明してよ」

日渡の剝きだしの視線が、マグカップに落ちる。

「想像だけれど、池島は桜子の弱みをつかんで、彼女を自宅に連れていったんだ。そして、慰みものにしていた。逃げられないように、言葉による脅しだけじゃなく、鎖でつないでいたようだ。ベッドの脚に鎖が結びつけられ、桜子の左の足首に紫色のあざができていたのを見れば、一目瞭然だ」

想像？

ひどすぎる想像だ。

だが、そういえば、池島と直通している最中に、鎖を擦り合わせるような音が聞こえたことがある。

「桜子の弱みって、なんなんだ」

そう言った上谷の声は震えを帯びていた。

「これも、すべて俺の想像だ」

と、日渡はマグカップから目を上げて断った。

「一年前、ダイスケが桜子の隠れている能見家に押しかけてきた。そして、桜子を連れ去ろうとした。能見と桜子は必死に抵抗した。その結果、ダイスケは死亡した。それが事故によるものなのか、故殺なのかは分からない。故殺だとして、能見が行ったのか桜子が行ったのかも分からない。つまり、能見がダイスケを誤って殺し、それを苦にして自殺したのか、それとも、桜子がダイスケを殺し、その犯行を能見にかぶせるために自殺を装って能見を殺したのか、分からないということだ」

日渡は、桜子がダイスケとさらには能見まで殺したと想像するのか。

「日渡さんは、どっちの可能性が高いと思っているの」

日渡は短く答えた。

「後者」

「なぜ」

「もし能見がダイスケを殺したのなら、桜子は能見家を出て隠れる必要はなかったはずだ。警察に通報すればそれですんだだろう。ちょっと厄介な目には遭ったかもしれないけれど。ところが、彼女は新聞販売店に電話して購読をやめ、能見のＩＤやらなにやらを持って能見家を出た。逃走に使ったのは、おそらくダイスケの車だろう。本土寺市に逃げ込んだが、能見家に近すぎてやがて怖くなったのかもしれない。また引っ越しをした。そして能見になりすまして、うちの講師募集に応じた。二十六歳の娘が五十近い女性に化けて一生を送る覚悟をするのに、軽々しい理由があるとは思えない」

上谷はうなずくしかなかった。

「とはいえ」日渡は、眼前にあるなにかを見定めようとするように目を細めた。「彼女は殺したくて殺したわけじゃないだろう。とくに池島にかんしては」

「どうしてそう言えるの」

「俺たちが彼女に近づいた瞬間、彼女はこう叫んだ。『どうしてもっと早く来てくれなかったの』」

どうしてもっと早く来てくれなかったの。

上谷は低く呻《うめ》いた。

もっと早く救いに来てくれていれば、池島を殺さなくてすんだのに。

いや、もしかしたら、ダイスケや能見を殺《あや》めたことさえも含まれる嘆きだったかもしれない。魅力的であったために運命に翻弄されてしまった娘。直截《ちょくせつ》的に糾弾することなどできない。

「しかし、池島はどうやって桜子の秘密をつかんだんだろう」

「池島は、以前から、何者かが能見になりすましているのではないかと疑っていたんだろうね。そして、能見になりすました娘に興味なのか好意なのか知らないが、執着を覚えた」

池島はリアルで桜子に会っている。暗い中とはいえ、能見本人かどうか、疑念を抱いた可能性はおおいにある。それから数か月の間、池島は能見を探りつづけ、あわよくば彼女をものにしようと狙っていたのだろうか。

「探っていたのかどうかは分からないが、おぞましい行動のきっかけは」

日渡は言いかけて、口ごもった。それから、思い切ったようにつづけた。

「樋山の母親のクレームだろうな。桜子は、樋山の母親にじかに会えば、四十八歳の能見奈々子ではなく若い娘だとバレてしまうだろうと恐れたにちがいないし、実際会っていたらそういうことになっていただろう。池島は桜子の窮地を見逃さなかった。人事リーダーの彼は、きみが桜子を社に呼び出すことを予想していただろうから、救いの手を差し伸べるふりをして桜子のアパートに行ったんだろう。桜子はストーカー被害の過去があるとはいえ、池島には一度会っているし、しかも池島は、内面はともかく頼りになりそうな風貌をしている。困り切っていた桜子は、池島を迎え入れてしまったんだろうな。アパートで、どういうやりとりがあったかは想像したくもないが」

日渡は、激しい肉体的苦痛を感じているかのような表情になり、束の間言葉を切った。それから、

「池島はおそらく桜子が他人の経歴を詐称していたということをタネに、匿ってやるとでも言って、自宅に連れていったのだろう。ただそれは最低限穏当な想像で、部屋の鍵があいていたことを考えると……いや、池島だって、アパートを訪れた時は拉致監禁までは考えていなかったと思う。そうだと信じたい」

そう言って唇を結んだ。

上谷は、日渡の推測を頭の中で咀嚼《そしやく》した。そして、氷水を浴びせられたように寒くなった。

「え、ちょっと待って。俺が能見を呼び出したから、今回のことは起こったのか」

とたんに、日渡の顔色が変わった。日ごろの穏やかさを捨てて、叫ぶように否定した。

「いや。そうじゃない。ことのはじまりは樋山の母親の要求だ」

だが、上谷は震えがとまらなかった。

「しかし、俺にも責任が……」

責任があるとしか思えなかった。

日渡は、上谷の両の肩に腕を伸ばした。爪が食い込みそうなほどきつく摑み、上谷の顔を見据えた。

「よせよ。自虐的になるのは。二十代の娘が五十間近の女性として一生暮らすなんて、どだい無理な話だ。いずれ破綻していたにちがいない。樋山の母親にだって、責任があるわけじゃない。能見が何者か知らなかったんだから」

そうだろうか。そう信じていいのだろうか。

「だが、下手をすると桜子は死刑だろう。本当に三人も殺していたら」

せめて、ダイスケと池島の死は正当防衛だと認められればいいのだが。

「死刑になるかどうか分からない」

日渡は上谷の肩から手をはずし、うつむき加減になった。頬に、傷のように睫毛の影が落ちた。

「ダイスケと池島にかんしては正当防衛だと認められると思う？」

「いや、そうじゃなくて」

「そうじゃなくて？」

「バルコニーから飛び降りるのを止められなかったから」

「え」

上谷の脳裏に、池島のアパートが浮かんだ。彼の部屋は三階だった。

「死んだ？」

日渡はかすかに首をふった。

「死んではいない、と思う、まだ」

一呼吸おいて、つづけた。

「下で桜子を救助した時は、口がきけていた。雑紙回収のトラックの上に落ちたのが幸いしたんだ。だが、救急車が来た時はもう虫の息になっていた。何箇所も骨折して、しかも折れた肋骨《ろっこつ》が肺に突き刺さっていたということだ。手術をしたけれど、助かるかどうか」

日渡は微笑にさえ見える歪んだ表情になって、上谷を見た。

「救助した時、桜子はなんて言ったと思う？」

上谷は答えられなかった。唇が接着剤で結びあわされたかのように開かなかった。

日渡は言った。

「私は能見奈々子、私は能見奈々子、そう言いつづけたんだ」

そして、日渡は首を垂れた。上から透明な手がおりてきて頭を押さえつけたとでもいうように。

上谷の脳裏に、昨夜、日渡と交わした会話が蘇った。

この世に殺されてもいい人間がいるかいないか。ヒトラーを例に話し合った。

それを思い出しながら、上谷は心の底から言った。

「助かってほしいな」つけ加えた。「被害者が加害者になって罰せられるのは辛すぎる」

日渡は顔をあげた。

その目が赤く潤んでいた。

「ああ、そうだな。助かって、俺の推測がまちがいだと語ってほしい」

まちがいだと……日渡は口の中でくり返した。

二人の男はしばらく身動きもせず深夜の食堂に座っていた。

III

死んだ？
なぜ、どうして。

私のせいじゃない！
私はなにも悪くない。
悪いのは……
悪いのはあなた。
死んで償うべきは、あなた。

ちがう。

私もあなたも悪くない。
悪くなんかないの。
責任なんかとる必要はない。

それに、よく見て。
死んでいない。
ほら、まだ胸のあたりが動いている。

ハエ、じゃない？
煙突から入ってきたハエ。

ちがう。
生きているのよ。
逃げなきゃ。
報復される。
逃げなきゃ。

あなたも一緒に。
私も一緒に？
そう。
私たちはどこまでも一緒。
二人で一人。
だから、怖くない。
うん、怖くない。

参考文献

『日本古典文学全集5・萬葉集(4)』(小学館)

『独ソ戦』(大木毅著・岩波書店)

この作品は書き下ろしです。原稿枚数502枚(400字詰め)。

叫《さけ》び

矢《や》口《ぐち》敦《あつ》子《こ》

令和6年3月10日　初版発行

発行人――石原正康
編集人――高部真人
発行所――株式会社幻冬舎
〒151-0051東京都渋谷区千駄ヶ谷4-9-7
電話　03(5411)6222(営業)
03(5411)6211(編集)
公式HP　https://www.gentosha.co.jp/
印刷・製本―株式会社　光邦
装丁者――高橋雅之

幻冬舎文庫

ISBN978-4-344-43368-7　C0193　や-10-9

この本に関するご意見・ご感想は、下記アンケートフォームからお寄せください。
https://www.gentosha.co.jp/e/